我会笑得入凡
走得坦荡

欣公子 著

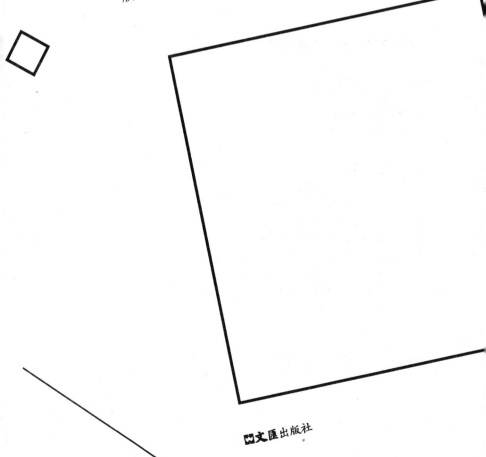

文匯出版社

图书在版编目（CIP）数据

我会笑得大方，走得坦荡 / 欣公子著 . -- 上海：
文汇出版社，2017.9
ISBN 978-7-5496-2159-0

Ⅰ . ①我… Ⅱ . ①欣… Ⅲ . ①散文集－中国－当代
Ⅳ . ① I267

中国版本图书馆 CIP 数据核字（2017）第 131096 号

我会笑得大方，走得坦荡

出 版 人 / 桂国强
作　 者 / 欣公子
责任编辑 / 乐渭琦
封面装帧 / Shin

出版发行 / 📖文匯出版社
　　　　　上海市威海路 755 号
　　　　　（邮政编码 200041）
经　 销 / 全国新华书店
印刷装订 / 三河市京兰印务有限公司
版　 次 / 2017 年 9 月第 1 版
印　 次 / 2017 年 9 月第 1 次印刷
开　 本 / 889×1194　1/32
字　 数 / 160 千字
印　 张 / 7.5

ISBN 978-7-5496-2159-0
定　价 : 38.60 元

序

多年前看过一档节目，记者采访路人：你的幸福是什么？

问到一个五六岁模样的孩子，小朋友回答："幸福是爸爸妈妈。我想爸爸。"

看到这里，我不禁鼻子一酸。

对小孩子而言，幸福是有一个完整的家，有爸爸妈妈。这是来自孩子的内心深处幸福的模样。

我想，如果是我，我会怎样回答。

……

似乎每一种答案，都不能将我感受到的幸福，完整地表达出来。

小时候，父亲教我读书、写字。他是我的启蒙老师。没学汉字时，我就被鼓励用拼音写日记。大概写字的瘾，来源于彼时。后来开始写作文，他会耐心地讲解，引导我的思路。我的作文，时得佳评，他甚是欣慰。

我有一篇成绩喜人的文章。老师在家长会上点名表扬，父亲很自豪，却保持难得的客观与冷静，语重心长地和我沟通，帮我分析，做总结。起初，我不理解，父亲为什么要给我"泼冷水"。

过后，他在稿纸上写了一段话：

女儿的期末考试结束了，成绩结果令人高兴，尤其是语文科成绩出类拔萃，校内年级组排名第一，全县年级组第二。入中学后的第一个学期便有这样一个良好的开端，女儿高兴自不必说，就是做父母的，也从心里感到骄傲和自豪。

　　分析其语文试卷,任课老师曾断言:本学科成绩高就高在作文得分高,只扣2分,几乎是满分。今天,女儿把试卷带回,我审阅后,对前两道基础知识及阅读能力题的得分情况认为是比较正常的,因为女儿自小学至中学学习一贯刻苦,每按老师要求,反复诵读默记,从不走样,得到高分不足为奇。只是在读了女儿的作文后,我心中确实起了波澜,因为我从作文正常的批改角度认为,短短的试题作文,存有几处明显的不足,甚至错误之处。试题成绩已经确定,女儿和我们都很高兴,现在是指出作文所在的缺点呢,还是敷衍而过?

　　我当时也想到这个问题,但我还是很快就做出了决定,必须有一个负责的态度,实事求是地评价这篇文章,让女儿面面俱到地了解本篇作文的优缺点,尽管女儿可能当时难以接受这种带有否定成分的评价,但从长远的观点看,她会从中得到教益。

　　我把我认识到的本文所存在的问题一一指给她看。其中有前后偷换人称的错误,有关联词语使用不当之处,有逻辑关系混淆的问题,还有词语情境运用不合情理的弊病等。

　　当时,我也看出,女儿似乎是有些难以接受。其实我何尝不理解孩子的心理,试卷是经批卷老师认可判定为优秀的东西,作为父母却给孩子泼冷水,挑出一系列的毛病,搁到谁一时恐怕也难以接受。但我从关心孩子成长的角度,一遍一遍不厌其烦地解说,指出扬长避短的必要性。最终使女儿了然一个道理:得到高分固然重要,但必须切实掌握写出真正优秀作文的方式方法,才能最终形成语文能力,才能胜券在握。

　　看得出,女儿懂得这个道理后,心情舒畅了,做父母的也就没有白费心思。

　　我理解了父亲的用心良苦。这段话,我一直存放在文件夹里。十几年过去，稿纸变黄，蓝黑色笔迹，字字入心，泛着岁月的痕迹。

父亲记录的，不仅是彼时年少的我在写作上的问题，行文立意上的建议，细微处的指导，还有他对我的循循善诱和苦口婆心。他的话，历久弥新，也是后来我在行文上对自己的基本要求。写文于我，心之所向，情之所依。有父亲这样的启蒙老师，是我一生之所幸。

高中进了文科班，物理、化学课成了我的"写作课"。写小说的本子，用的是母亲在学校的教案。小说里，我会画插图，后面几页留白，给大家留言。那时候，班级和年级组有一些忠实的读者，经常排队等我的"更新"。那时候的灵感，好像用之不竭。

一个个青涩稚嫩的故事，一如一去不复返的青春时光。那个梳着马尾，穿着校服，手握笔杆，坐在书桌前天马行空的姑娘，是幸福的。

那年夏天，我收到了中文系的录取通知书。兴奋、喜悦，也有一丝失落。挥手与高中作别，离开熟悉的地方，一个人去一座陌生的城市，那滋味，是未来生活中最常见，也是最稀松平常的"幸福"。

上课之余，我会协助学院书记和老师上传下达，开展学生管理工作。优异的专业课成绩，除了收获每学年国家级奖学金，优秀学团干部的荣誉称号，党员的政治面貌，各类证书，最重要的经历，莫过于在校期间从事多类别的兼职工作。提前接触社会，体验生活，对于当年那个上进的姑娘，是幸福的。

大学最后一年，我申请离校实习，只身前往异地。街道两侧灯火通明，一片繁华，也曾迷茫。继而，昂扬着打了鸡血一般的精神状态，奔跑在实习岗位上。点点滴滴，苦乐参半，是成长的荣幸。

后来，不想在按部就班的环境里，继续四平八稳的生活，选择离开"稳定"的工作。走出来，阳光穿过薄云，踮起脚尖，似乎离那团明媚更近了一步，就连空气，都充满了未知的挑战。那个阶段，无惧无畏，是勇往直前的幸福。

日子加快了脚步，一路马不停蹄地向前。在看清生活的本来面目以后，坚持初心、死磕理想的姑娘，依旧热爱生活：重拾笔杆，记录独一无二的生活体悟；体人间烟火，品雪嚼梅；感人情冷暖，幻化成章。

左手教育，右手写作，是我给自己的"小确幸"。左边是责任，右边是幸福。

一路简单，一路成长，一路幸福。有苦有甜，有喜有悲，于我都是限量版，值得珍藏。

幸福有千万种，感知幸福的能力，我一直有。带着最初的梦想，做回自己，是我给自己的好运气。接下来的路，我依然会笑得大方，走得坦荡。

目　录

听说你不想上班，想成为自由职业者

听说，你期待一份"钱多事少离家近"的差事，可这世上哪里有不劳而获的好事。正所谓，行行出状元，行行有风险。

1

生活中，遇到很多这样的人，他们：

抱怨工作不好，工资低，事情多。

羡慕别人坐办公室，动几根手指，喝着咖啡，品着茶，工资数千过万。

不想起早贪黑，挤高峰期的公交车和地铁。不想周末加班，还没有加班费。

不想一年到头只有 7 天可怜的年假。想休假，要根据手头工作的完成情况，看领导的心情和脸色，忐忑地接过休假批准单。

想辞职，厌倦了繁冗的工作和朝令夕改的制度，稍有不慎，还要忍受领导的训斥。

想学点什么，为自己充电。想做点什么，可是，既不知道自己能做什么，又没有勇气放弃现在的工作和生活，舍不得每月固定的工资和五险一金，在犹豫不决中度日，最后一无所成。

其实，他们内心的潜台词，是这样的：

想有点钱，满足日常开销，过购物不看标价，花钱无忧钱包的生活。想有点闲，放慢脚步，拿起相机，说走就走，享受一路的风光，随心所欲。想有点趣，摆脱无所事事，做一些陶冶身心、自得其乐的事情。

2

所谓自由职业者，首先要有职业，然后才有资格谈自由。

多数自由职业者，崇尚独立，追求自由，喜欢按照自己的想法和方式做事。他们信奉自己动手，丰衣足食。不愿意找帮手，不喜欢与别人合伙。

如是这般，你要有一技傍身。它可以让你在没有稳定工作的情况下，衣食无忧，依旧可以体面地生活。靠一技之长立足，是个人价值得以体现的必要条件。反之，既没有工作，又不具备职业性，即使拥有大把时间，也只能眼睁睁地看它从指缝间溜走，怆然叹息：自由是令人迷惘的。

比如我，所学专业是汉语言文学，师范中文，在事业单位做过两年人力资源，而后离开，转战教育领域。教育科班出身，具备一定的专业能力。加上后期"吹呴呼吸，吐故纳新"，使之成为我得以安身立命的根本。

业余时间，和自己协商，每天阅读一定字数的文章，看一部电影，输出有质量、有养分的文章，努力让写作成为我未来的傍身一技。这件事，除了兴趣使然，还可以备战备荒。

现代奥林匹克运动的创始人皮埃尔·德·顾拜旦，以一己之力，让奥林匹克成为世界规模的体育盛会，使奥林匹克精神传遍世界。

居里夫人和她的丈夫皮埃尔·居里用了 3 年 9 个月的时间，从成吨的矿渣中提炼出 0.1g 的镭。

卡文迪许生性孤僻，不爱与人交流，却潜心发明了测量光速的设备。他是 18 世纪英国有学问的人中最富有的，有钱人中最有学问的，却从不涉足贵族花天酒地的社交。

他们都孤立无援，却凭借执着和梦想，取得了举世瞩目的成就。

所以，少上网，少抱怨，少说"我什么都不会"。利用有限的时间，提高执行力。让懒惰从身体中抽离，增加本事，创造机会，多花些时间和精力，习练一技之长。

你的坚持和努力，或早或晚都会有回报，会让你变成你所希望的样子。

自由职业者，要有一定的经济基础。一旦选择单枪匹马的"自由"，你能依靠的，只有自己。

自由职业者要有一定的存款。平常的衣食住行，煤气水电，柴米油盐，吃喝用度，无一不需要钱；房租、房贷、社保、医疗等，又是一笔不小的开支；突发事件，人情往来……样样离不开钱。

否则，你会因为断了经济来源而压力重重，惶惶不得终日，更无自由可言。

真正的自由职业者，一定耐得住寂寞，抵得住诱惑。有严格的自律意识。

我现在的时间比辞职前自由许多。以前我时常盼望，放假时出去旅行，和家人、朋友聚聚。

而事实上，我选择自由职业后，一边教育，一边写作，更多的时间是在 SOHO。备课和写作，几乎占据了我的生活。

你羡慕我的自由，其实我正坐在电脑前，准备教学内容；跟甲方探讨产品文案；整理写作思路，或翻阅图书。一天下来，所看之处，无不重影。

写了 6 年文字的青年作家，年收入 300 多万，他依旧每天不间断地码字。如果遇到重要的事情，他会存稿，保证每天写 6000 字左右。

粉丝近百万的自媒体作家，月收入 10 多万，她依旧严格要求自己每天写一篇有质量的原创文章，看半本书和一部影片。她说："为了一篇文章，要购买大量知识，要花费和透支太多时间，要投注大量精力和健康，甚至长期佩戴颈椎牵引器……"

这意味着，要放弃逛街、撸串、唱 K、八卦，甚至谈情说爱的享乐时光。因为自由职业者知道，时间是最有价值的。选择自己热爱的职业，即便累点，也心甘情愿地付出，并投注别人眼中你的自由时间。这是自由的代价。

自由职业者，不要透支身体。

黑白颠倒，熬夜成瘾，不规律饮食，这些都是一颗定时炸弹，悄悄地为身体记了一笔账。长期疲劳，会带来许多健康隐患。

自由职业，给了我们灵活的工作和生活作息。劳逸结合，安排好工作和休息时间，运动健身，户外活动。

我想要的稳定，不是户口和房子

任何一个地方，都不缺闲人，更不会养闲人，千万别在年轻的时候，选择了安逸；在最该奋斗的年纪，选择了稳定。如果现在就想稳定，就安享停滞，恐怕没有什么比这更糟糕的了。

长辈说，应该稳定点，考个公务员，铁饭碗，一辈子的保障。于是，有人毕业后就去考公务员。

有人说，老师好啊，每年有寒暑假，教着循环往复的知识，也不累。于是，有人就去当老师。

老人说，应该听从家里的安排，托托关系，走走后门，进一家不错的企业，做一份看似体面的工作。

父母说，听我们的，趁年轻找个老实本分的人嫁了，生个孩子，趁我们现在身体还好，帮你们带带娃儿。

……

我们听到，大家说：稳定的生活，好。

我毕业后的第一份工作，是在北京国贸附近的一家事业单位。福利待遇不错。饮食起居，日常所需，单位供应，应有尽有。朝九晚五的打卡生活，就像程序员编好的代码，日复一日，按部就班，一成不变。

对校招的应届硕士毕业生，表现优秀的，年底有落户名额分配。见到了太多为了户口，签订户口违约金五年（有的八年）协议，把自己"卖"给单位，把生活和理想扔到一边，违心地说话，麻木地做事。尽管他们中的大多数，最后选择了在协议期内赔偿，离开。

那时候，除了每月发工资的时日，和下班后百无聊赖地约上同事去单位附近的健身中心运动，最大的乐趣，就是在工作之余做一份与本职工作无关，却与我所学专业相关的兼职。那时我的本职工作，算得上"稳定"。那些日子，根本不知道自己想要什么，有的只是一眼望不到头的枯燥和单调。

当时我负责单位人力资源部门的员工关系和招聘工作。由于彼时制度不健全、管理混乱、人浮于事，出于"卸包袱"的目的，上面公布了一份裁员名单。白纸黑字上的每一个人，都曾为单位做过贡献。这无疑是习惯了安逸度日，却"榜上有名"的同事始料未及的。

我陪同名单中的一位同事去人才中心提取档案，我们一路上聊了很多。她大学毕业就进了这家单位，一干就是9年的光景。当她被动离开这个稳定的岗位，她才发现，除了制作、管理库存文档，写无关痛痒、溜须拍马的材料外，别无所长。她懊恼地说，如今什么本事都没有，不知道接下来何去何从。

他们的工作，曾经让多少人羡慕不已。别人夸赞他拥有稳定的工作时，他便停止了前进的脚步。怡然自乐于一份报，一杯茶，一台电脑，每月四五千块钱的"稳定"中。

曾多次问自己，究竟什么样的生活是我未来想要的？什么才是真正的稳定？一份有编制，旱涝保收的工作，能解决很多后顾之忧，同时带有许多隐性福利的户口，还是一个写着自己名字的房产证？

　　我内心深处给出了一份肯定的答案，都不是。和职业发展相比，户口不值一提。房子可以通过努力，慢慢实现。

　　上一辈人的那个组织是根，体制可以解决一切的时代过去了。现在，社会在高速发展中不断变化，没有"稳定"这个梦，没有真正稳定的日子。如果你觉得稳定，觉得生活轻松，那一定是有人替你承担了一些压力，扛起了一些困难。你的稳定，建立在别人的颠簸之上。唯一的稳定，且不变的，是改变，是提升，是逆流而上。

　　我打心眼里不喜欢那个老气横秋，军事化管理的环境。我想，趁着年轻，有折腾的资本，不给自己留下遗憾，不想以后的日子在懊悔中度过。权衡再三，我选择了离开。幸运的是，我所学的能够让我安身立命的专业技能，在毕业后从来没有真正地放下，正是这项专长，坚定了我离开的决心和勇气。

　　也正是因为当时不顾一切的劝阻和反对，毅然决然地离开所谓的"稳定"后，毕业两年的我，拥有了一定的资本和魄力。作为投资，买了房，如今升值一倍。如果我一直满足于朝九晚五，每月拿着为数不多的钞票，沉浸在自我麻痹的稳定中，恐怕就不会遇见现在这个时间自由，经济独立，生活怡然，并敢于追逐梦想的自己。

　　如果现在有梦想，就放手去追。如果准备离开，就尽早做打算。

　　任何一个地方，都不缺闲人，更不会养闲人。千万别在年轻的时候，选择了安逸。在最该奋斗的年纪，选择了稳定。如果现在就想稳定，就安享停滞，恐怕没有什么比这更糟糕的了。

我想要的稳定，是和志趣相合、想法相投的人轻松自在地携手，把日子过成唯美的诗，不厌不弃不离。

我想要的稳定，是在有生命力的感情里，两个独立又不同的个体，彼此靠近后，孩子气的自然流露。

我想要的稳定，不是户口、房子和车子。无论他富甲一方，还是家徒四壁，只要彼此与努力为伴，终会赢得一个未来。

我想要的稳定，不在别处，在眼前。不是未来，是现在。是独立思考、坚定不移、有条不紊地做自己热爱的事，提升的同时，稳步成长。

尽管前途艰难，我依然走在路上。

错过一个很好的人

我们没有承担前世的需要，但有活好现世的责任。

《鲁豫有约》访谈胡歌那一期，叫《找到合适的人很难》。

鲁豫说：我觉得你当时的那个女朋友，真的很了不起，真的很牛，从一个女性的角度，她真的很棒……说句让你睡不着的话，你让一个靠谱的人，错过了。

胡歌低头沉思，片刻后，说：她是……她真的是很好……

说罢，胡歌若有所思，无奈地苦笑，湿了眼眶。

画面定格，如此感受，爱过的人，为之动容。

当时伤愈的胡歌并没有打算复出，但在他伤痛时，他收获的那份情意，却成为他肩上的责任与担当。让他不能放下，无法回避。这样的经历，让胡歌有着和梅长苏一样宿命般的巧合。

《琅琊榜》里的梅长苏，整齐束发，坦坦荡荡。恍如另一个胡歌，经历黑暗，与死神擦肩而过。剥皮削骨，换了容颜。有刻骨铭心的过去，却依然清澈坚定。

戏里梅长苏说："既然我活了下来，就不能白白地活着。"

说出了胡歌心声。胡歌直言，要对得起你的苦难。当年的苦难，历练出如今的胡歌。然而陪伴他走出那段特殊时期的人，却是那般情深义重，无法回避而言他。

当时胡歌正与上戏师姐薛佳凝相恋，胡歌出车祸时，薛佳凝在第一时间赶到了医院。

养病期间，胡歌也住在薛佳凝家，由她悉心照料。而为了照顾胡歌，薛佳凝不惜停掉了一年的工作，直到胡歌伤愈复出。但两人却因各方压力，情深却缘浅，彼此选择了和平分手。

直到后来胡歌因戏火爆，曾经的恋情再被提起。薛佳凝在被问到旧爱胡歌的时候，并未直接回答，而是说："他现在非常火，自己不想参与到话题当中。"并且还称赞胡歌是一个对演戏有追求有梦想的人。"看到他成功，很为他高兴。让过去的，都成为过去。"

薛佳凝的大方祝福，让我感动，心生佩服。那是一个真正爱过的，很有自尊，而且会为对方着想的女人才能讲出的有情有义，有担当，有智慧的话。我对这个善良的好姑娘，还有他们当年的情感，感慨很多。

鲁豫的一句话，是否让胡歌在深夜难眠，不得而知。却让 Z 先生陷入了对往昔的追忆。

Z 先生说，他辜负了一个既单纯善良，又懂事努力的姑娘。他习惯了不受牵绊，我行我素的生活，他骨子里的桀骜不羁，不喜人搅扰。就连他说这些时，依旧是一副满不在乎的神情。

此时的 Z 先生还不想稳定，他的这段错过，是必然。我想，时间导师会教他。

胡杏儿和黄宗泽相恋八年。他们分手后，面对媒体，黄宗泽屡次强调，希望媒体有什么事都可以给他打电话，只要不影响胡杏儿。即便分开，他还是称赞胡杏儿"绝对是一个很好的女生"。

　　胡杏儿也说：我的前前任和前任都很棒，他们一个教我做温柔的女人，一个教我做成熟的女人，但我最喜欢现任，因为他教我做回小孩。

　　大学时看《简·爱》，记得在简和罗彻斯特的婚礼现场，由于一位不速之客的闯入，简得知了一个让她痛苦并难以接受的真相。简悲痛欲绝地离开了桑费尔德庄园。辗转数月，她还是放不下罗彻斯特，决定回到他的身边。重返庄园后，她面对的是一片废墟残骸，和为了救患有遗传性精神病的疯女人，烧瞎了双眼的罗彻斯特，简最终选择了不离不弃。

　　或许只有经历了错过，才会明白，最珍贵的是什么。

　　"双黄大战"是典型的"分手见人品"案例。两人因离婚而生发出一系列的"互黑事件"，双方爆料的隐私，冲击了公众的底线。此前二人不仅热衷于隔空互骂，"夺女大战"也愈演愈烈。舆论战果，胜负未分。只是，这场未完待续的撕逼，代价惨重。孩子是无辜的，不要让天真无邪的小孩，裹挟在成人的谎言和谩骂的恩怨中。

　　昨天，一位读者在后台留言。

　　她和男朋友相识不久后相恋，随着了解的加深，她发现男生有许多令她难以接受的"恶习"，便提出分手。可是，当晚男生来到她的家里，思绪混乱，说了很多。言语中表达的是希望女生的父母帮忙劝合的想法。因女生的父母表示尊重女儿的选择，男生便破口大骂，并出手打了她的父母……

正如我在《过往不念，未来不惧，安住当下》一文中所写：善始是美好的，善终却不易。

"靡不有初，鲜克有终。"这也许就是爱情存在的模样。

错过一个很好的人，一个靠谱的人，有各种各样的原因。一段感情的结束，很复杂，没有对错。或许是那段感情走到了尽头，不得不赋予一个伤感的结尾。也正是那些错过和遗憾，成就了现在的你。

分手见人品，爱久见人心。不纠结于错过，懂得自爱，活在当下，现在才是最好的时候。

不是所有人都配和你谈钱

　　钱是一种符号，是一种象征，是生活的另一种诠释，更是看透人品的参照物。"谈钱伤感情，不谈钱没感情"，对于有些人，还是谈钱吧，谈感情太伤规则。

1

　　有一位老教师，学生向她借钱，只要学生们开口，说出理由，通常她会选择相信，借给他们。为什么她会随便把钱借给学生呢？

　　这位老师觉得，学生还没有踏入社会，他们基本上是淳朴善良的。作为一位教师，应该充分相信学生具备良好的道德品质。也就是说，在她看来，学生的品质是学生借钱的抵押品。

　　有个男同学说自己丢了 20 元零花钱，向她借 15 元。后来学生说，钱是他自己弄丢的，他不能跟爸妈说，自然没法开口要钱，否则会惹来一顿打骂。所以，没办法将钱还给老师。老师推了推眼镜，对男同学说，算了，下次注意就是了。

　　一个女同学说生理期肚子痛，向她借 30 元去校外买药。后来女同学的家长发现，那几天孩子手头宽绰，零花钱明显多了。和老师交谈后才知道事情的原委，家长替孩子还了钱。其他没有还钱的，估计家长都不清楚。

这位天真善良的老师不解。她不理解现在有一些孩子为什么和他们当初不同。这位老师把学生"应具备良好的道德品质"当成他们借钱的抵押品，却忽视了这品质形成的背后，需要学校、家庭、社会教育等多方面的共同协作，才有可能合成有效的抵押。

借钱，不分年代，言必信行必果的品质不过时。

2

大学时，宿舍有个姑娘，因家里出了点事儿，急需用钱，说解决了就还。那时睡在我上铺的姑娘经常利用课余时间做家教，在同学中腰包算宽裕的，借给她 400 块。400 块，在当时不算小数目，相当于大半个月的生活费。

姑娘家事解决了以后，却迟迟不提还钱一事。上铺的姑娘心里别扭，那钱是她在别人休息时，辛苦兼职换来的。她小心翼翼地找对方要过，被以手头紧、家里困难为由拖延。直到毕业，也不见还钱。现在，她们身在异地，早失去了联系。

这件事，让我想起《后会无期》中的一句话：借钱，就是骗朋友的钱。

3

前不久，我的一位读者来找我进行心理访谈，来访者是家中的姐姐。她讲，妹妹婚后与妹夫做生意，多次向她借钱，却从不提还。

妹妹再次张口，姐姐觉得不能再借了，说这钱不如拿出来赡养父母。妹妹已经把姐姐之前对她的帮助当成了理所应当，面对姐姐的拒绝，妹妹非常生气，不再与她来往。

当姐姐的，一想起这事，阵阵心寒。赌气时，她也想要回之前的那些钱，可又不忍心，也担心父母知道她们亲姐妹为钱反目而伤心。

我建议并宽慰她：这是认清真相的代价，当作给自己交了学费，或者捐赠资助了。只是，要从今开始止损。

4

年初的时候，我参加了"坚持晨读100天"的挑战活动。活动规则是，连续100天6:00-6:30之间线上晨读打卡，风雨无阻。倘若参与者中途违反规则，需要向主办方交罚金，罚金将作为严格按照规则坚持到最后的参与者的奖金。

活动的初衷很简单，一群爱读书的人，聚在一起做一件有点难度，考验毅力与诚信的事。这个过程，除了收获知识和对自己坚持的肯定，再有就是，结识一些志同道合的朋友。

刚加入活动时，参与者的表现各不相同。有的人信誓旦旦，坚信自己一定会笑到最后；有的人认为，这个活动可以督促自己早睡早起，养成晨读的好习惯；有的人则不够自信，心怀忐忑，说已经做好了交罚金的心理准备。

事实上，活动进行到今天，中途挑战失败的，其中有三位退群，并拉黑主办者，无视自己笃定并确认的活动规则；其中一位违规，虽未退群，却迟迟没有发声；有两位解释了违规的原因，主动提交了罚金，并继续晨读。后者的表现，令我心生敬佩。

活动建立在一群有着相同兴趣爱好的陌生人之间，没有任何协议作为约束，全由毫无条件的信任和各自的诚信作为支撑。

为了区区百元，你所表现出的沉默、逃避或是拉黑，体现的不是生活困窘，不是经济危机，而是诚信缺失。

5

两年前，我稀里糊涂成了房奴，存款由几个 0 变为 0。当时首付还差一些，于是，我体会到了开口借钱的滋味。

我想，将实情说与对方，对方若应了，就帮一把；若有难处，便作罢，我能理解。

有因房子装修手头紧，缓一缓再说的；有因准备订婚，筹备彩礼，目前囊中羞涩而婉拒的；有因频繁换工作压根儿没存款，反而需要我贴补的；有二话不说，直接要账号汇款的；还有倒腾手里的几张信用卡来帮我凑钱的。

在此之前，我对朋友是能帮则帮，从不犹豫。可当自己深陷困境，急需用钱时，要回当初借出去的钱，都觉吃力。对方会无所不用其极地推脱、延迟，让你无奈，无措。

这段被我轻描淡写，但让当时的我心力交瘁的人生经历，被封存为一笔成长的财富，它让我明白：

人家借你的，是信任。帮你的，是情分。不借不帮不过问的，你又何必当真。

后来我发现，在你最需要援助的时候，正是曾经接受过你帮助的人不见了踪影。反而那些在生活中，人情上，从未麻烦过你，淡如水的君子之交，会慷慨相助。当然，也有例外。

都说"别跟熟人谈钱，别跟陌生人谈情"。

其实，熟人谈钱，需要莫大的勇气。谈的是彼此的赤诚相待，诚信相交。原本并不复杂，助人一臂的解囊之事，往往被别有用心的人，坏了味道。

莎翁在《哈姆雷特》中有一句经典对白："不要把钱借给别人，借出去会使你人财两空；也不要向别人借钱，借进来会使你忘了勤俭。"

个中滋味，只有切身感受过，才能真切地体会。

就算你人缘再好，能在你困难的时候帮你一把的，只有那么寥寥数人。当竭尽所能，珍惜。

死在手机里的人

碎片化的微信朋友圈，一边奉献你信息，一边打乱你的逻辑。

我的同事，是一位德语翻译员，你或许对他并不陌生。

就是那个吃饭时，习惯心不在焉地翻阅手机；开会时，趁领导不注意摆弄手机；走路时，若有所思地看手机；陪同翻译，时不时会漫不经心地掏出手机；洗澡把手机带进浴室，播放视频；睡前抱着手机说晚安；醒来第一件事就是打开手机……

看一部电影，听一首歌，见一个老友，读一篇文章，去一个地方，哪怕是做一顿饭……他要花大量的时间构思一段字斟句酌的文字，配上一幅看上去文艺有格调的图片，然后新建一个地址，点击发送。

接下来，他便要时常关注朋友圈的动态。有人点赞，有人评论，他会立刻点开那个醒目的红色提示，因有人与他互动而暗喜，然后花费很长一段时间来组织语言回复。

如果没人评论，没人点赞，他会失落，分析原因。久而久之，他摸索出什么样的内容，容易获得高"赞"；什么样的内容，很有可能无人问津。他的日常，死在了那个方寸大的手机里。

死在手机里的人，每天死掉了什么？

◆死了真实

你和家人、朋友围坐在饭桌前。一道道品貌诱人的菜肴纷纷上桌，咽着吃货的口水，即使饥肠辘辘，也要让你的那个大屏手机优先将美食宠幸一番。拍照、修图、配文、发布。

转发到朋友圈的东西，内容与人之间似乎存在某种联系。很多时候，转发的内容没怎么看，感觉图美，标题诱惑，内容煽情，觉得提升了品位格调，果断转。

一连自拍了几十张，选几张心仪的，磨皮，滤镜，一键变白，放大眼睛，调尖下巴，鱼尾毛孔痘印统统不见了，会心一笑，九宫格晒到了朋友圈。喜不自禁地等"赞"。

其实，大家都挺忙的，你没有那么多观众。通讯录中大多数好友，都是以看客的身份，扮演着假粉。

◆死了生活

"不带手机会死，不开手机会慌"，已经成了许多人共有的"病"。

上课、下班、排队、去洗手间、聚会……时时刻刻离不开手机。到处找 WiFi，有 WiFi 不上网，就感觉亏了。睡前玩儿手机，醒来继续捣鼓……

休息时做道菜，摆个水果拼盘，榨杯果汁，本是可以美好享受的慢生活。做好后摆拍，不满意，再拍，360°拍完，修图，发送。

然后，菜凉了，果汁不鲜了，怏怏不乐地看着"成果"，提不起兴致。

你和朋友同行，一路上电话不断，根本无暇欣赏沿途令人心旷神怡的风景。为什么不关手机？你说：关机心里不安，万一错过什么事。夜里，提示灯一闪一闪，好像有忙无止境的事情。

你遗失的不仅是风景，还有适当慢节奏的步调；你错过的不是什么大事，而是感受生活的身心。

美国心理学家弗洛姆说："在你爱别人之前，要先爱自己。因为你自己是人，你连自己这个人都不能爱，哪有资格去爱别人？"

◆死了亲情

饭桌上，你将所有的注意力集中在手中的方寸之间。低着头，手指在屏幕上"起舞弄清影"，偶尔将渐渐失去温度的饭菜送进口中。父母面面相觑，欲言又止。

你对手机爱不释手。孩子放学回家，不开灯的屋子里，唯一的光亮，来自你的手机。你沉浸在网络的旋涡里，忘了幸福的小家需要经营。

世上最遥远的距离不是生与死，而是面对爱你的人，你却用对手机的迷恋，以冷漠的心，挖了一条无法逾越的鸿沟。

你这么卖力，起早贪黑地刷，手机有没有给你颁个最忠实粉丝奖，有没有给你发年终奖？

◆死了时间

睡前你躺在床上习惯性地打开手机，开始刷朋友圈。

然后，有强迫症的你逐一点开那些"消息免打扰"带着小红点的群聊，翻阅冗长且无用的信息。

一个群里开始了红包接龙，为了几毛几分钱，盯着聊天界面，生怕错过。

另一个群里玩起了成语接龙的游戏，群机器人管理员每出一道新题，都会自动@全体成员，你多次想退出群聊，却又担心群主有意见。

逐一点开知乎、交友、日报、QQ、头条 App……等你全部退出，发现已经凌晨 1 点多。有人在朋友圈熬夜晒加班，你抱着手机取暖，依旧寂寞空虚冷。

手机于无形之中，不仅吞噬了我们的工作时间，消耗了我们的休息时间，还折损了我们有限的精力。

◆ 死了友谊

早期的朋友圈简单干净，都是身边熟悉的人，它是亲密型社交工具，好友们弃 QQ 空间，转战更直观便捷的朋友圈。

后来，同事、客户、邻居、群里有过只言片语交流，甚至完全陌生无交集的人都加了微信，看着通讯录中千余人，迟迟拉不到尽头，却没有几个想点开头像，有说话欲望的。

你有一段时间忙得分身乏术，没刷朋友圈，也明显减少了发布动态的频率。

这期间，你错过了大学同学在朋友圈宣布婚礼圆满结束的幸福心情；同事在朋友圈直播宝宝的成长历程；谁去了乞力马扎罗山，发了一连串或许连他自己都搞不懂的定位字符；错过了朋友在朋友圈播报领证、卖车、买房……

但你发现，你却得到了一种前所未有的轻松感。

纠结再三，你退了几十个"食之无味，弃之可惜"的鸡肋群。手机瞬间轻盈了，眼前清净了，却收到群主的信息：以后再也不带你玩了！！！

当你不再好奇别人的生活，不通过朋友圈来寻找存在感，不再担心谁的更新你没评论，没点赞，面对"不回微信，却发朋友圈""不回微信，却给别人点赞"的质疑、埋怨，面对那些无用的堆积成山的聊天记录时，你撇撇嘴，选择一头扎进自己的真实生活中。

不妨闲暇时，约上三两好友，面对面畅聊。点赞，只需一根手指机械地操作，它看似拉近了人与人之间的物理距离，而实际上，心与心的交流，需要"线下"构建。

放弃那些"死"在朋友圈的"好友"，切断那些所谓的"点赞之交"。能死在朋友圈的友谊，从来都不是真的。

那么，你还坚持做那个死在手机里的人吗？

别催了，我只会嫁给爱情

奥斯卡王尔德说："在我年轻的时候，曾以为金钱是世界上最重要的东西，现在我老了才知道，的确如此。"

我将它改为："在我年轻的时候，曾以为爱情是世界上最重要的东西，等到老了才知道，确实这样。"

1

A说：我爸妈总是吵个不停，张口离婚，闭口散伙，冷战是家常便饭。我呢，就是他们的出气筒，负情绪回收站。他们口口声声说，当年的结合就是个错误。大多数时候，他们展现的是对对方的偏见和敌意，对当初选择的懊悔。就这样，还好意思对我说："照照镜子，瞅瞅你，老大不小，差不多得了，挑什么挑？"呵呵，可笑！

连自己的生活都经营不好的两个人，凭什么开口闭口地催我？他们俩当年的结合不是因为爱情，所以，大半辈子就在纠结、拧巴、争吵、不幸福中度过。如果当初他们能和自己爱的人生活在一起，没准会生出比现在强十倍的我！

2

要过节了，B的心情难说，放假虽不错，可烦心的事接踵而来。他并不想回家。只要一回家，说不上几句话，就是老两口翻过来倒过去的那些话：快点找对象啊！以前和你玩得好的那几个人，年纪都比你小，当年学习都没你好，如今工作都不如你，可人家都有孩子了！远的不说，你外甥，比你足足小5岁，现在孩子一周岁了。你呢？B安静地把电话放在办公桌上，起身去整理文档。

前些天，B的母亲佯装生病，电话里让他赶快带回去一个对象，她瞧了，病自然就好了。他现在越来越怕接家里的电话。

3

C是我的好朋友。端庄大方，谈吐得体，兴趣广泛。爱摄影，玩山地自行车，常旅游，喜欢写作。不仅工作能力强，生活起居也有模有样。可她最近一年，为了让她老妈高兴，最没闲着的事儿就是相亲。C妈帮她注册了几家婚恋网，前段时间，又通过小区阿姨，给她介绍了几个男生。在这方面，C对老妈不寄什么希望，眼光不同，观念不一。C妈的想法也曾让我眼镜大跌，她觉得，男生不缺胳膊不少腿，健康能跑，就行。

4

同事D，今年年初结婚了。初闻喜讯，我挺为她高兴。可结婚对象却不是她全情投入，相恋四年之久的Z先生。而是认识不到半年，看上去并不般配的W先生。虽然她和Z先生相恋时间长，却迟迟没有谈及嫁娶。Z觉得，彼此年纪尚小，不想过早步入围城。D一面和家人周旋，一面迁就Z，身心疲惫。

她父母觉得闺女一把年纪，不结婚丢人，三天两头电话催。去年过年，她忐忑地回家，结果还是因为这事儿，除夕夜闹得鸡犬不宁。

W先生大她八岁，个子不高，体态微胖，啤酒肚，举手投足还算得体。她用父母"苦口婆心"的那些"年纪到了，差不多得了，再大就没人要了"劝慰自己。最终，妥协了。

从婚礼的筹备到婚宴结束，从头到尾，没见D一丝微笑。这不应该是新婚娇妻应有的模样。

前不久，她和我说，他们分了。她说，和她结婚的那个人，实在不适合携手一生，分分钟想改造她。而她，又不愿忍受他的很多怪毛病。没有感情基础，陷入死循环，只好离婚。

这场失败的婚姻，是她为了给年迈的父母一个交代，选择委屈自己，求得安生。为了父母所谓的"面子"，在特定的年龄，做和其他人一样的事，以此堵截别人的非议，来证明自己是个"正常人"。

哪家法律规定"过了30岁嫁不出去"了吗？以"年龄""面子""别人家"等为前提的逼婚理由，荒唐可笑。因为将就，为了一纸婚书，最终分道扬镳的事例，还不够多吗？

我们应该对自己的人生负责，爱上自己，然后才有能力去爱别人。你过得好，才能恩泽他人，才有资格为他人的生活锦上添花。你过得不好，还要为身边的各种声音"假装过得好"，被所谓"对你好"的情感绑架牢牢束缚，这才是最大的可怕。

5

上个月，我参加了表姐的婚礼。

表姐 36 岁，容貌、气质很好。之前家里紧追不舍地逼她，她从一开始的敷衍，到逃避，再到后来摊牌："你们已经习惯了你们的生活方式，但我有自己的爱情观和生活方式。"就在一个月前，她通知我们 12 月 18 号结婚。看到新郎的那一刻，我就知道，这才是她要找的人。终于等到你，晚一点，没关系。

《剩者为王》中的父亲，有一段长镜头催泪戏，让我忍不住流泪，印象深刻。父亲的那段独白，展现了身为人父对女儿深深的疼爱和理解。他敢于抵抗传统社会对大龄单身女青年的舆论压力，并以坚定的态度支持女儿追求幸福。

"哪怕一直以来，我和她的妈妈都挺担心的，有的时候甚至连我们都会走偏了。觉得不管怎么样，她能找到一个结婚的对象就好了。她没有遇到爱的人嘛，没关系，找个会过日子的人，我们也能接受。但到头来，这些话都是随便说说。我是她的父亲，三十几年前是她来了，才让我成为一个父亲。我希望她幸福，真真正正的幸福。能结一场，没有遗憾的婚姻。让我可以把她的手，无怨无悔的，放在另外一个男人手里。才不至于将来我会后悔，我当初怎么就这样把她送走了……"

6

父母对孩子婚恋问题上围追堵截的态度，给孩子们的感觉是：你们在意的，并不是孩子们是否幸福。幸福与否，好像显得不那么重要。你们的催，给你们的孩子徒增焦虑和担忧，甚至慌了方向，乱了步调。

　　他们工作了一天，身心疲惫。电话那头不妨降低声调，唠唠家常。他们难得休假回一次家，聊一些轻松的话题可好。没有对象，或许他们心急如焚，何不借势开导一番，好饭不怕晚。生活除了恋爱和结婚，还有很多重要的事情。

　　看着别人逐渐步入婚姻的殿堂，作为长辈，爱子情切，不想看到子女落单。父母陪孩子走过一段岁月，希望接下来的日子，能有人继续代替他们，陪孩子走下去。但是这件事，需要那么一点运气和缘分，也关乎选择生活的不同态度。

别怕，只是记忆走丢了

> 我长大了，他变老了，丢失的记忆越来越多。如果有一天，他站不稳，走不动了，他完全记不起我了，我依旧会紧紧地握着他的手，一如当初他牵着那个单薄的梳着羊角辫的小姑娘，慢慢地走……

我们经常会看到有关走失老人的寻人启事。

他们中的很多人，和他一样，找不到回家的路。他们即将失去的，不仅仅是回家的路。他们都得了同一种病。这种病叫作"阿尔茨海默病"。它还有一个广为人知的名字——"老年痴呆症"。这种病的发病率会随着年龄递增，并且只能通过药物缓解大脑萎缩，目前还没有治愈的方法。

我记得，那年国庆节我休假回家。一天清晨，他心血来潮，用桐木制作了一个飞机形状的风车。我永远记得，他将风车递到我手里时的表情，那么自豪，高兴得像个孩子。他说："呐，姥爷的处女作，送给宝贝外孙儿，拿去玩儿吧！"

我把那个打磨得圆润光滑的风车拿在手里，第一反应是对他说：

"姥爷，这怎么是处女作？我小的时候，您给我做过一个呀！再说，我都这么大了，您怎么还把我当小孩子？"他愣了一下，摇着头发花白的脑袋，坚定地说："怎么可能，你记错了。"

那时候，我没当回事。因为我始终不相信，他会患上这种不可能治愈，只会越来越严重的病。

后来，只要他接到我的电话，听到我的声音，就会迫不及待地对着电话讲他在做什么。刚讲过一会儿，又重复讲起。渐渐地，他想不起我的名字，有时候会想很久。我一出现在他的面前，他的眼睛会闪现出一瞬间的光亮，布满皱纹的脸，笑成一团，眯着眼睛，一边向我走来，嘴里一边念叨："这姑娘，叫什么来着？"

不得不承认，他真的忘记了太多事情。但我一直安慰自己，他只是记不起我的名字，并没有忘记我。

我小的时候，爸妈工作忙。我是他一手带大的。他年轻时是一名教书先生。他爱读书，爱写作，发表过作品。他的软笔书法写得好，我们家的春联，都是他原创，再写到裁剪好的红纸上。他跑步时喜欢带上我，常用厚重的手牵着我爬山、打羽毛球、挖野菜，去河边抓小鱼、小蝌蚪，养在玻璃缸里。

他那么能干，谁家有困难，他二话不说，前去帮忙。他那么善良，待人一视同仁，不偏不倚。他那么和气，从没和人红过脸。他那么正直，人前人后，言行一致。他对学生像对自己家的孩子，学生喜欢来家里找他聊天。

在我小时候，他花了很多时间，陪伴我，教导我。他教我用筷子，告诉我吃饭时不要发声。他教我穿衣服，系鞋带。教我洗脸，帮我梳小辫。告诉我，好东西要和小朋友分享。那首叫《大金鱼》的儿歌，他教了我很久，我才学会。

我喜欢在他给我讲故事的时候，蹿上跳下，扮演故事中的小动物，边玩边听。他的故事，多得好像永远都讲不完。那时候的我，是"十万个为什么"。常常打断他的话，问东问西，他从来都是耐心地听，然后语重心长地解答。

我曾经以为，他那么高大健壮，就是家里的顶梁柱，什么也打不倒他，压不垮他。

他告诉我，身为女生，要独立自主，不依附不娇蛮。力所能及的事情，自己动手完成。他告诉我，不管年纪多大，都要保持一颗纯粹的童心，要相信人心存善念，乐于助人。他培养我阅读，写日记的习惯。他教我练书法，握笔的姿势，一本本的田字格，认真地帮我写好每一行的字头。尽管当时的我百般不情愿，他依旧会心平气和地跟我讲道理。

不曾试想过，我在一天天长大，越来越亭亭玉立，他却记不起很多事情，接不上我说的话，啰唆地重复那些讲过很多次的故事，他开始忘记东西放在哪儿，忘了系扣子，也不会系鞋带。吃饭时，他会弄脏衣服。梳头发时，拿着木梳的手颤抖不停。走路再也离不开手杖……

和他一起买水果。他挑了几个又大又饱满的带着嫩绿叶子的橘子，然后又放了回去。我问，为什么？他说："你姥姥会嫌我选了带叶子的，叶子多了压秤，她会唠叨我的。"说完，他笑了。他的笑容，透着些许不好意思。仿佛一个少年，心系着爱慕的女孩。后来，挑了好多色泽诱人却不带叶的橘子。

我让他原地等我，独自拉着购物小车，准备去结账。他赶忙快走两步，在后面叫我："丫头，回来……小孩子，哪有钱？""我已经不小了，我都……"我面向他，问道："我多大啦？"他若有所思，却说不上来："22，还是23？反正你不小了，该结婚了。"我哭笑不得。

我在他心里，一直是那个扎着两股羊角辫，吃饭挑食的小姑娘。我不喜欢吃青菜的时候，他就会讲起那个连窝头都没有，要吃树皮的穷苦年代。

以前，家里的三餐都是他来做。他会换着花样搭配，确保营养均衡。如今，他记不得什么时间该准备做饭，甚至吃饭，都需要有人提醒。姥姥说，这回轮到我来操持家务，照顾你姥爷了。

我写的文章，他都会看。看得很慢。因为看到中间，前面的内容就忘记了，再回过头去看。他也就很少会给我的文章提点建议了。但是，他总会认真地鼓励我："我觉得你写得好，写得越来越好了。你要坚持。"

他曾经说，要给我讲他以前的故事，让我写出来。我满心欢喜。现在，那些事，大多他已经忘了，翻来覆去讲的，都是我已经烂熟于心的。他讲述过往的时候，眼睛湿红，表情流露出如纸的纯净。那般纯粹，经历过大半辈子的蹉跎和曲折，仍存在于他随和宽厚的气质里。我希望，我会延续他的这份可贵的纯粹，直到暮年，依旧保留少女的自矜、恬静与童真。

我长大了，他变老了，丢失的记忆越来越多。如果有一天，他走不动了，完全记不起我了，我依旧会紧紧地握着他的手，一如当初他牵着单薄的梳着羊角辫的小姑娘，慢慢地走。

从单位人到自由人，你需要一剂良药

你觉得人生漫漫，有足够的时间允许自己做不喜欢的工作。你在有限的时间里，做着令自己紧张、沮丧，甚至厌烦的事情。你肩负着抚育子女，赡养老人，养家糊口的责任和义务。想辞职，改变现状，又不敢，害怕改变带来的不安和恐慌。

你曾辞职，SOHO 了一段时间，感到难以维持生计，无奈之下，又回到了公司，继续奔走于每天早晚高峰消耗 3～4 个小时的人潮"斗争"中。你没有足够的时间和条件改变生活，你肩上的责任把你和工作捆绑在了一起。即便你并不喜欢它，却不得不面对它，忍受它。

上班有上班的好。在办公族环境中，更具有职业性。与人打交道甚密，要花时间和精力维系人际关系。自由职业者倾向专业性和影响力，靠技能养活自己。

自由职业者，几乎所有的时间都由自己掌控，或随性，或严谨，凭心情和状态做事。舒服了埋头苦干，不顺了爱咋咋地。不必面对领导朝令夕改的决策；不必假装耐心地聆听领导组织不清，表述不明的车轱辘话，又不得不憋在心底暗自发笑；不必在意同事间的睚眦之怨，随心做事。

看似美好的生活和工作模式，并非适合每个人。在决定做自由职业者之前，先规划好自己的职业。选择适合自己的方式，在对应的平台，如鱼得水地自由工作。

想辞职，却不敢辞职；想要改变现状，却犹豫不安，我该怎么办？

首先，问问自己，你想辞职的原因是什么？是因为每天机械地做着毫不喜欢的事情，还是工作氛围、人际关系让你压抑，想逃避？是你觉得公司岗位发展受限，对薪资不满，还是上班时间特殊，不能很好地陪伴家人？

其次，你要清楚的是，你不敢改变现状原因是什么？也就是，找到犹豫不安的根源。

然后，你是否有明确的职业规划，近一年内的短期目标，如加薪、升职；两三年之内的阶段性目标；五年后的长远规划……根据你的专业所长，以及你未来的发展方向，有侧重地学习充电。

再有，你有没有想过，辞职后做什么？先有职业，然后谈自由。是否有一技傍身，能让你在没有稳定工作的情况下，衣食无忧，仍体面地生活？这一点，是个人价值得以体现的必要条件，也是立足之本。反之，要做的就是，明确目标，学习学习再学习。

我在事业单位纠结了半年，要不要自由？想自由的多半原因是希望多陪陪儿子。儿子小时候，我工作忙，没时间照顾他，孩子生活习惯很不好。但这10多年来，我除了机械地处理资料档案，一无所长。因为没有爱好，没有特长，只能原地不动。我该怎么办？

一成不变的生活，数年如一日地复制，当你想改变时，发现自身的技能已远远跟不上大环境的变迁，会苦恼，会不安。不妨在工作之余，去探寻一件自己喜欢的事，比如阅读、运动、烹饪、美容……任何时候开始都不晚，让生活丰富起来。

平时增加和孩子的平等交流，尽量不打扰，充分尊重。你的改变，孩子看得到，他会理解，妈妈并不是不爱他，妈妈很独立，有自己的工作，她在很努力地改变和生活。

想成为自由职业者，说白了，是因为我的职业生涯失败了。虽然我现在很自由，却常常感到空虚和孤单，做什么事都是一个人，心情低迷。有什么好的办法改善吗？

首先，你有没有分析职业失败的原因？你现在能自由地做一些事，已经是很多人羡慕的了。自由职业者必须接受独处，耐寂寞，忍诱惑。我也经常一个人吃饭、思考、逛街、读书、写作……一个人忙，一个人可以做很多事。

不过，孤独虽有必要，但并不适合所有人一味沉浸其中，多和亲人朋友聚一聚，聊一聊。自由职业者更看重的是体验人生和实现价值，成为想要成为的人，做热爱的事。精力和注意力集中到你做的事情上，提升专业辨识度和竞争力。我们说的自由，不是握着大把时间，而是能切实地做事。

职业热情对于自由职业者很重要，加之一技之长，自我约束力，清晰的目标，恰好又能忍受孤独，这样的人，适合自由职业。当然，我也有朋友，SOHO后重返公司，一是抗拒孤独，二是没有明确的规划，看不到未来。如果你长期情绪低迷，要引起重视，审视自己的内心。

很多时候，工作可以立刻着手落实，却犯拖延症，拉慢动作。如果是自由职业，给自己做事，工作效率应该会很高。

工作效率高低和工作形态没有直接关系。自制力较差；工作时干扰较多，比如微信、电话、微博等社交工具，刷起来一两个钟头便悄无声息地溜走；分不清工作的轻重缓急；状态不佳……这些都可能成为导致工作效率低的因素。

状态不好时，建议搁浅大脑，做一些不必动脑，并在短时间内可以完成的事。看书、电影，榨杯果汁，整理办公桌，换水浇花……做这些小事，都是调整疲累的很好选择。同时，正是因为给自己做事，越要有严格的自律意识。这样不仅工作效率提高了，还会为自己多创造一些休息时间。

曾经信誓旦旦地说要自己干，做自由职业者。辞职后，赋闲在家，一个月前又踏上了朝九晚五的上班之路。

原来，你追求的"自由职业"，是为了离开之前那家公司。如同"每天早上，想着今天可以用什么理由不去公司"。选择离开，或许有它的原因。慎重每一次选择，总结经验，取舍间要有一些收获。在新工作中，发挥所长，学到东西，收入可观，舒心就好。

自由职业这条路上的可能性有很多，关键看自己喜欢什么，擅长什么，适合什么模式的工作。如果没有专长，没有经验，没有资金，没有自律意识，朝九晚五的上班，未尝不是理想的选择。

自由职业者从某个角度来说，并不自由吧？

自由职业者只是工作时间和地点，服务对象和方式相对自由。是自己的老板，为自己打工，没人强加给你日程安排。完全可以养成周一至周五工作的习惯，周末正常休息。休息不仅可以随时充电，还能主动出马，为自己寻找项目。

我是一个生活在三线城市的 26 岁女青年，辞职两个月了，自身没有一技之长，又不知道该做什么。我应该如何找到并培养自己的一技之长，最终使它成为我赚钱的能力呢？

你的兴趣爱好是什么？先将它们罗列出来。

兴趣分为三个级别：

直观兴趣，即感官兴趣，通过直观的感官刺激产生的兴趣。

西班牙吉他演奏家泰雷加在古典名曲《泪》中，叙说了一个故事：六岁的女孩在花园看到玫瑰花，高兴地伸手去摘，却被刺到，疼得眼泪直流。但她看到美丽的鲜花，情不自禁地笑起来。泪滴滑过女孩满布笑容的脸。

这种感官兴趣，多变且不稳定。

自觉兴趣，在情绪参与下，把兴趣从感官推向思维，由此产生更加持久的兴趣。

我喜欢一个故事，如果了解了故事的写作背景，清楚作者的经历和他想诠释的情感、态度，我会对故事产生一种新的感受，这就是自觉兴趣使然。

它是认知行为参与的兴趣，能让兴趣更持久，定向在某领域，形成能力，体会和学习更多。兴趣和能力相结合，推动学习，带来思考和行动，这样发展能力，持之以恒，才能发掘出更大的兴趣，相对持久一些。

潜在兴趣，它不仅在于有感官和认知能力，还加入了更深层的内在，即志向与价值观。

　　潜在兴趣，非常稳定。持续投入的乐趣能为我们带来知识和能力，进而带来更多的乐趣。知识越来越多，能力越来越强，能够做的事情自然越来越多。一个人越是强大，诱惑也就越多。所以，培养和钻研符合你的志趣与价值观的兴趣点，它或许会为你未来的生活，创造源源不断的价值和动力。

　　如果你认为自己被工作束缚，感觉被禁锢在不愉快的工作氛围中，可以的话，行动起来，去寻找你热爱的事情。但是，如果改变会牵涉你的家人，影响你的生活，建议在决定转变职业生涯之前，认真负责地考虑你与家人的幸福和感受。

别再败给抑郁这朵大乌云

我有一条狗，它的名字是"抑郁症"。只要它一出现，我就会感到空虚，生活好像停滞了一般。它会无端地出现在我的面前，让我看起来更加衰老。我透过黑狗看世界，生活失去了色彩。

1

我："咱们出去散步吧？"

她："不去。"

我："老街开了一家莜面馆，去吃呀！"

她："不想吃。"

我："最近有电影上映，一起去看吧。"

她："没兴趣。"

我："想买一件大衣，陪我去吧。"

她："你逛吧。"

我："那你在家好好休息，睡一觉。"

她："睡不着。"

那时候，我不知道她是怎么了，总感觉她闷闷不乐。所以，我习惯制造一些话题，找她聊天，想让她开心。

她曾经对我说："我的黑夜比一般人的黑夜要漫长两到三倍。我每天都能看到天是怎么亮的……"

有人说："她这是抑郁吧。"

那段日子，是她最绝望的时候。但是，她一直在积极地配合医生的治疗。按时服药，然后做心理咨询，心理治疗。

2

世界卫生组织报告指出：

预计到 2020 年，抑郁症将成为全球范围内第二大致残疾病。目前全球有 3.5 亿抑郁症患者，我国抑郁症人群约 9000 万，每年有 20 万人因为抑郁症自杀。

抑郁症 ≠ 抑郁

抑郁的基本特征：心情不好，这是一种心境障碍，大脑中的神经递质没有病变，这种不佳的状态很快可以调整好走出来。

形成原因：面对挫折、失败等负面事件时，产生抑郁情绪是一种正常的反应。

本身具备高兴的能力，却高兴不起来。

而抑郁症的基本特征：人对生活中的一切丧失了兴趣和基本欲望，是一种精神障碍。

持续时间：两周以上。

形成原因：人的大脑中有一种叫作 5-HT 递质的物质，如果这种神经递质紊乱或缺乏，就可能导致抑郁症。

抑郁症不具备高兴的能力。

3

丘吉尔有一句名言:"心中的抑郁就像只黑狗,一有机会就咬住我不放。"

如今,抑郁症这条黑狗已然成为隐形杀手。多少人从半夜醒来,心中充满了消极的念头。他们害怕别人知道,担心别人议论。

情绪低落,思维活动抑制,行为活动减少;长时间(持续两周以上)、无原因处于抑郁状态中,伴有生理不适;无欲、无助、无望、无能;对以前感兴趣的事不再感兴趣;睡眠障碍,消极,甚至自杀……这些都是抑郁症的表现。

还有一种不容忽视的"微笑型抑郁症"。他的微笑并不是发自内心,而是出于应付社交,应付工作,碍于面子,出于礼貌而强颜欢笑。

专业医生说:抑郁症患者在决定离开世界的时候,他是快乐的。他跟正常人的想法是不一样的。他觉得,人走了,就真正得到解脱了,就会觉得特别轻松。

这种情况,我们不要把它粗浅地理解成为小心眼儿,想不开,爱算计。要正视它,去看医生,接受正规治疗,重视运动,按时吃药,对抑郁症加深了解和认识。

正如《丘吉尔的黑狗》一书的作者安东尼·斯托尔曾说:"忧郁症等负面心理往往是非凡成就的一条鞭子,如丘吉尔、卡夫卡和牛顿的人生显示的那样,内心的鏖战缠斗会激发无限潜能。"

正如人们玩笑中的一句话："得抑郁症的人，都是天才。"

所以，抑郁症是为了他下一次更猛烈地爆发所做的铺垫和准备。

有的人因抑郁症的困扰而放弃生命。有的人与之对抗，从抑郁症中走了出来。

4

那段时间，A 觉得全世界没有值得信任的人，生活没有一丝希望。

在家人和朋友的帮助下，他去看医生。医生建议他把当下所有的感受写下来，从中观察自己的情绪波动，总结规律，打开心结。

B 是我们的邻居，她曾经没有任何继续生活下去的勇气，就连换洗衣服，梳头发这样简单的小事，她都没有力气做。整个人毫无生机，垮掉了一样。

后来，B 停薪留职休息了两三年。她每天在家人的陪伴下阅读，出门随身带着相机，边走边拍。久而久之，她痴迷于摄影，成为了精神寄托。

读者 C 和我讲她患抑郁症时的切身感受。她说，每天都没有幸福感，失去了生活的动力。其实周围还是原来的样子，但在当时看来，一切面目全非，挣扎得一塌糊涂。

在医生的指导下，按时吃饭、睡觉。主动社交，每天夜跑。与人交流让她变得愿意分享，在运动中，忘掉了所有不开心的事，仿佛能量回来了。慢慢地，心变得平静了。

抑郁症患者 D，他曾经病得很重。他说，他每次一想到要离开人世，就觉得特别快乐。

后来，D在父母的陪伴下，坚持去看心理医生，全面地开始进行强化治疗，逐步康复。

其实，很多人都曾被这条黑狗困扰过，甚至有的人正接受着它的侵扰。正在经历抑郁症的人，会觉得自己和整个世界失去了连接，他们会质疑生活的意义。

临床研究显示，药物对一部分人是有效的，但还有一些人需要辅助其他的方式来治疗。比如，向亲近的人表达自己的真情实感，会起到关键的疗效。越是疲劳和紧张，越容易遭受不良情绪的侵袭，因此，要学会心平气和。

经常锻炼，对于缓解中轻度抑郁比抗抑郁药物的疗效还要可观。不妨出门走走，动起来。或者养成记录的习惯，写下心情和想法，值得感恩的事情。不仅有助于看清问题，也是一种宣泄和排解压力或不良情绪的途径之一。不管情况变得多么糟糕，只要走向正确的方向，与合适的人交流，通过学习知识、耐心、克制和幽默，那段乌云压顶的日子终将过去。

如果我们身处困境，一定不要害怕求助，这样做一点都不丢人，只有错过生活，对自己造成伤害，才是遗憾。

如果我们身边遇到了抑郁症患者，一定不要歧视，要向他们表达真诚的关心、理解和支持。陪伴他们，给予关注和交流，鼓励他们去看医生。

你整天"没意思"，有意思吗

你有没有某一时刻，突然"什么都不想做"，感觉"生活很没意思""每天两点一线"，日子"空虚寂寞冷"？

1

一个认识了十多年的同学，她已为人妻，为人母。前天，她突然发来信息说，新工作换了一个多月，对周围的环境还不适应，感觉很无力，想摆脱，却没勇气。每天加班到深夜，拖着疲惫的身体回到家，孩子已经入睡。每天清晨顾不上吃早饭，要赶班车。出门时，孩子还在睡梦中。感觉生活没意思，没追求。

我建议她减轻压力，最好从改变某些生活习惯开始。比如周末休息，调整状态。带孩子一起 DIY，学一项乐器，逛街为自己添置一个喜欢的物品。这些远比谋生的工作有价值的多。她却说，哪有时间，一到周末就睡得昏天暗地，四肢无力，两眼无神……

2

我家楼下有一个年过六旬的阿姨，从老家千里迢迢来到儿子家，帮儿子和儿媳带孙女。

孙女三岁半，活泼爱笑，能说会道，讨人喜欢。阿姨的身体瘦弱，面色蜡黄。尤其夏天，天气闷热，她总是汗涔涔，浑身没劲。她习惯眉头紧蹙，总是一副愁苦的面容。时常在楼下看到她，双眼看向远处，若有所思。

阿姨偶尔会带活泼好动的小孙女来我家坐坐，聊天中，细数儿媳的各种不是。我听过她的几次陈述，并不觉得是她的儿媳有问题。年轻人的生活方式、习惯和消费观，不同于老人，老人看不惯，满腔怨气。儿媳为人大大咧咧，老人家心有戚戚。这同一屋檐下的日子，便不好过。

我妈宽慰她，没说几句，阿姨总是不免一声叹息：老了，活着，真没意思……

3

有一同事，半年前失了恋。原因是女生嫌他穷。

分手后的大半年，他始终沉浸在痛苦中无法自拔。酒，成了他的一剂"良药"。他总说，他们在一起两年，两年的情感敌不过现实，人为什么如此绝情。

以我平时和他打交道中了解，他除了不得不工作，几乎没有其他爱好，对生活没有什么规划。总是一副打不起精神，提不起兴致的样子。

他和我说，希望尽快开展一段新恋情，或许某个女生可以拯救他糟糕的现状。我则建议他，处于低谷，逼自己看一些专业类书籍，学点东西，或者出去走走，锻炼锻炼身体……

他每次的回答，都如出一辙：算了，没劲。

失恋不可怕，可怕的是就此一蹶不振，而不去分析原因。都说"莫欺少年穷"。一时穷，不可怕，可怕的是，倚仗穷人的心态，长久地沉浸在穷人的思维和惰性中，不肯为口口声声的"没意思"做出改变。

4

Nico，一个两岁半小男孩的妈妈。孩子出生后，她开始了SOHO。平时工作，孩子由姥姥帮忙带。闲暇之余，她从没停止过学习。育儿、烹饪、研究美学……家里上下打理得井井有条。

现在，她运营着一家微店。自制麻辣小龙虾，选虾，清洗，秘制，包装到打包快递，她都亲自来做；自制玫瑰酱，云南的两年生玫瑰，清洗每一片花瓣，晾干，调配，封装，均由她一人独立完成；私房牛肉酱，牛肉粒大、份足、味美，以至于顾客在反馈中心疼她的实惠，担心她赔钱。每天清晨四点起床，带娃，逛市场，选材，做健康的食品……有声有色，小事业风生水起。

她爱吃，也爱做。她只想建立一个认同健康饮食的吃货圈。DIY干净卫生、无添加、有保障的美食。她说，做美食是她喜欢的事情，享受其中，分享出去，快乐会加倍。这期间的辛苦和不易，不言而喻，却从来没有听她说过一句。

5

和李老师相识，缘于她近日想要转载我的一篇文章，找我授权。

交流中得知，她是原社会养老和工伤保险管理局企业处处长，现任人力资源和社会保障学会业务统筹部部长。退休后返聘，在市人力资源和社会保障局负责社保政策培训，承办组织人社部"社保管理师"培训班招生。

她不想让三十多年的工作经验、业务积累和人脉浪费，于是开始学习做微信公众号。从编辑、排版、发布，到推广宣传，全由她一人完成。尽管查找文件、整理资料很辛苦，但她想到能够以最短的时间和最佳方案为企业和个人解决社会保障方面的疑难杂症，想到会有那么多人因此而受益，她说，苦和累都值得。

虽然她有长辈的年纪，却不倚老卖老，谦逊有礼，言谈得体。和她交流，就像和一位同龄人交流一样，毫无障碍。尽管我们在地理位置上相距千里，交谈隔着手机屏幕，但是，李老师已经将满满的正能量传递给我。

6

亲爱的，还有很多人为了温饱而垂泪，因疾病而挣扎，灾难而痛苦，分别而悲伤……

生活要我们做到"四面受敌，却不被困住；心里作难，却不至失望"。因为你比一切外物，有价值得多。你可以创造一切有意义、有价值的事情。

正如《圣经》所说："喜乐的心，乃是良药。忧伤的灵，使骨枯干。"（箴言 17:22）

真爱是珍爱你，而不是用情话睡了你

"同居是一把双刃剑，它能成全婚姻，但更多的时候只会伤人伤己。"千万别傻乎乎，做只是陪睡的女朋友。

1

我和我的男朋友是在一次朋友聚会上认识的。我能歌善舞，在K歌时他被我的歌声吸引，坐了过来。我25岁，他比我大两岁。我们的恋爱谈了一年多。

第一次见他，我觉得我们不是同一个世界的人。他阳光帅气，而我平凡普通。他说，他喜欢我的可爱和才艺。他表达能力很强，能说会道，工作也算上进。他的表现，让我感觉很真诚。

交往中，他对我嘘寒问暖，关爱有加，时不时地制造一些小惊喜，我每天过得都像小公主。

后来，在他的再三请求下，我们同居了。

我的家教比较传统，一开始我是拒绝的。他劝说我，给我讲了很多"道理"。他说，我们是奔着结婚而恋爱，住在一起是迟早的事情。这样不仅方便照顾我，保护我，还能节约房租，省下每周约会见面的开销，磨合感情。

我想，既然是奔结婚，我就搬到他那儿了。

同居不到半年，一次意外，我怀孕了。他说，他是想和我结婚的，但是以我们目前的情况，没车没房，工作刚有点起色，不适合要小孩。我懊恼、自责，只好同意他的决定。对家人只字未提。

可后来，他像变了一个人似的，开始对我不冷不热，很少说温情的话，下班后的应酬也逐渐多了起来。

我以为他工作忙，压力大，应该多理解，不给他过多的要求和束缚，做一个懂事的女朋友。

直到最近，他爸妈休假来上海玩。我想，出于礼貌，我应该请两位老人吃个饭。之前他多次说要带我回家见他的父母，正好借这个机会，见见叔叔阿姨。我以为，两位老人也应该挺想见我的。可他以工作忙为由推脱。

在我的一再坚持下，我才知道，他爸妈根本不知道我的存在。他们这次来北京，还有一件重要的事情——给他张罗了一场相亲。对方是他妈妈同学的外甥女。我很失望，和他又吵又闹，可他还是去了。他说，他爸妈已经答应对方了，他不想让他们在老同学面前没面子。

......

2

以上是一位学员的情感故事。

后面她又补充了一些让她每每想起，便心如刀绞的情话。

比如，他们曾畅想未来，给小孩取了好听的名字；他在她生病的时候，发甜腻的短信，哄她开心，逗她笑；他说要给她拍一辈子的照片，说他会永远站在她的身后，为她做背景；给她遮风避雨，不让任何人欺负她；他还说，他对她的爱，就像郭靖对黄蓉的爱，但郭靖曾因误会黄蓉杀了师父而跟她闹分手，他不会；他说，她做任何事儿他都爱，他都陪，他都认。

人嘴两张皮，咋说咋有理。情到浓处，傻姑娘被感动得稀里哗啦。

过往的每天，姑娘生活在男人调配的蜜糖里，甜到无法自拔。这种高甜模式，让姑娘晕了头，转了向，放弃原则，把主动权送到了男人手中。

3

爱，是看对方所做的。

《小王子》中小王子和玫瑰的故事。小王子爱上了玫瑰，悉心地呵护她。他后来才明白什么是爱："我那时什么也不懂！我应该根据她的行为，而不是她的话来判断她。她使我的生活芬芳多彩，我真不该离开她跑出来。我本应该猜出在她那笨拙的假话背后所隐藏的情爱。玫瑰花是多么的自相矛盾！可是我当时太年轻，还不懂得去爱她。"

应该根据对方的行为，而不是对方的话来做判断。

我们已经过了耳听爱情的年纪。不应该再执着于对方曾说过什么，而是要看他，实实在在地为你做过什么。

4

选择同居，看似可以节约双方的时间成本，减少生活支出，看起来稳妥，实则不然。

假如同居几年后，男人依旧没有娶你为妻的意愿，30多岁的你，处境尴尬，身心煎熬，面临分手的风险：有夫妻之实，却无夫妻之名。

我通过了解女性朋友对同居一事的看法，不难发现，赞成或反对，很大程度上取决于她们的经济是否独立，内心是否强大，而非情到浓，爱如火时的分不开。

对于经济独立、人格独立的女性，她们在意的不是谁会吃亏，而是生活是否如从前一样舒适自由，自己是否会提前变成男人的老妈子。倘若有一天感情走到尽头了，她们有足够的资本，一拍两散，不留麻烦，背对背大步走开。

同居是一把双刃剑，是比较脆弱的两性关系。它的满意度很低，虽然能成全婚姻，但更多的时候，只会伤人伤己。

美国新泽西州罗杰斯大学的两位教授，大卫·波彭诺和巴巴拉·D·怀特赫德，历时10多年的时间，潜心研究同居关系。结果显示：经同居而结成的婚姻，比未经同居而结成的，离婚率高出46%。同居时间越长，双方将更追求独立自主，更不愿受婚姻的约束，永不结婚的可能性也越大。

而美国另外一项对2150名男性的调查表明，有过同居经历的人，只有1/3后来和该女性结婚。也就是说，差不多2/3的同居者最终分道扬镳。且多项研究证明，同居的时间越长，对感情和当事人的消耗越大。

"人们对同居的宽容，在一定程度上可以说明自由度提升、男女更平等。"虽然同居已成为多数青年男女婚前的心之所向，但是，毕竟有如是种种的前车之鉴。

身为女人，多一点坚持，多一点克制，会降低伤害，减轻风险。这也是间接地告诉你的他，你有严格的家教，良好的自制力，而且对待爱情认真、专一。这会让爱你的他更心安。

多一点克制，多一点理性。看对方所做的，而不是听他所说的。

你们那么好，为什么会分开

爱情从来都不是单方面的生长和依赖，没有理所应当。它是建立在生理和心理需求的基础上，让彼此相伴舒服的关系。

1

闺蜜年初的时候，工作调离北京，去宁波，升任总部行政副经理。

事业顺遂的她，情路坎坷。男生的家人不看好他们这段感情。几经再三，男生遵从了父母的想法，两人分手。

原因是，家长一致认为，闺蜜太优秀，男生Hold不住她。

闺蜜很要强。她从小到大，无论是学习，还是与人相处，都做得很好。小时候吃过一些苦，她会通过自己的努力，去争取想要的东西。比如学业、事业，还有爱情。

上学那会，她担心自己稍有不慎，成绩落后。她怕自己没有背景，找不到一份满意的工作。她不想再过既穷又苦的日子。她更怕遇不到一份美满的爱情，不想重复小时候没人疼，没人爱，反而被嫌弃，被当成拖累的恐惧。

她像拼命三郎一样努力学习，考进了全国排名前 10 的大学。她提前一年修满所有的学分。大三暑假结束，就开始实习，找到了一份解决北京户口的工作。她工作之余，研读行为心理学、现代心理学书籍。她对情感管理很感兴趣。她想要做得更好，因为她清楚，怎样的自己，是值得被爱的。

她是一个努力上进、充满正能量的姑娘。我知道，在她的内心深处，她有对未知的恐慌，缺乏安全感。

男生呢，在温馨安逸的家庭中长大。他家教良好，有礼貌，待人接物不急不缓，喜欢追剧，爱玩游戏，再没有其他的兴趣爱好。缺乏主见，对未来没有规划，很多事情都是他睿智的行长爸爸给他铺路，安排妥当。

事隔两个月，男生后悔，回来找闺蜜，请求复合。

闺蜜问我，该怎么办？

无论是同事、朋友，还是伴侣、亲人，彼此的经历、见识和想法处于不同层次，想要顺畅沟通，难度很大。

你需要放慢脚步，等一等他。

你需要降低标准，去迁就他。

你需要反复解释一个显而易见的问题，而他却听不明白，不理解，怎么也不懂。

你希望爬到山顶一览美景，而他只能气喘吁吁地返回山下等你。

你想打车，他觉得破费，非要在雨中等半小时一趟的公交车。

你需要充足的睡眠，才得以保证白天有精力做事，而他习惯熬到凌晨两三点。

你喜欢夜跑，他却要求你早起陪他晨练。

你希望他做得更好，而他竭尽全力，结果不尽如人意。

你考虑长远，他只看眼前。

……

你们最后会怎样？

感情这件事，如人饮水，冷暖自知。

步调不一致，想法难统一，改变不现实，最后的结果，只能是分路而行。

无论是同事，还是朋友，有共同语言不难，但遇到层次相同，沟通畅快的，实为不易。能够遇到三观一致、步调相仿、层次水平相近的另一半，似乎更难。

他清楚你的想法，你懂得他的用心。最无力也无奈的，恐怕是，你每天在一点一滴地进步，而他喜欢停留在原点，按部就班，原地踏步。

过一段时间，你需要回过头，催促他赶路。他即便三步并作两步，踉跄跑来，你焦急等待的同时，他也是满心的疲累。你走远了，上坡了，便不希望返还到原点，因为你知道，前方有更多的期待。

如果你担心失去同行的伙伴，为他的离去难过、不安，甚至恐慌，你选择停下前进的脚步，不会觉得委屈，不会心有不甘，那么，你就平衡你的速度。

2

A脾气不好，和朋友在一起时，多少有所收敛。但她在男朋友面前，会毫不掩饰地发泄情绪，甚至百般刁难。

恋爱期间，男生想过很多办法。他安慰自己，这是她的个性。在万千人中遇到喜欢的人，刚好她也喜欢自己，因为爱，他选择微笑面对，礼貌待之，包容她。

他会在 A 发脾气的时候，暂时远离，让她冷静，平息心情。这反而让任性的 A 更加生气。

他也曾二话不说，直接把 A 搂进怀里，却遭来一顿劈头盖脸的骂。

后来，A 的男友不声不响，用冷漠疏远的方式，决定和 A 分手。

她曾经以为，她的小姐脾气是考验男朋友是否爱她的方式之一。她以为，她会得到男友无条件的包容和宠爱。

A 哭得花枝零落，一次次说改，可还是不会控制情绪，脾气说来就来，不可理喻。

男朋友是人不是狗。你的坏脾气，你的脸色，你的发号施令，他做不到一直盲目无脑地守护、纵容。

希望被爱，要值得被爱。将心比心，和一个乱发脾气，以自我为中心，不顾及他人感受，不照顾他人面子的人生活在一起，是一种怎样的感受？

爱情不是为了个人发泄。常常脾气暴走，情绪失控，很可怕。不仅身边的人煎熬，自己也伤身。

3

值得被爱，并不是因为你有多优秀，条件有多好，性情多可爱。而是，你有没有认真地爱上自己，接纳自己。

如果你连自己都爱不起来，别人如何来爱你？

如果你总是觉得自己不够好，别人会怀疑对你的认可。

你怕累，怕失去，怕不被认同，你变得不够勇敢，内心多疑。你不自信，先否定自己，希望通过改变自己来讨好、迎合别人。当你迈出这一步，就注定了情场的结局。

曾经相爱的人，离开彼此，有各种各样甚至说不清道不明的原因。但是，爱情没有理所应当，它是建立在生理和心理需求的基础上，让彼此相伴舒服的关系。

最好的状态，是想法一致，携手同行，交流顺畅，步调一致，共同进退。你知他，他懂你。你不显得娇气，他不显得老气。既能以同样的速度奋力奔跑，也可以一起并肩，欣赏落日余晖，共享静好岁月。

爱的根基从来都不是单方面的需求和依赖。而是先让自己在这段关系中成为更好的模样，不为别人，只为自己。以这种心态投入到爱中，正向能量会被无限扩大。

厚重如山的爱，续不完今世父女母子情

孔子云："父母之年，不可不知也，一则以喜，一则以惧。"

"母亲生命垂危，不知何故唯有拉着手才睡得踏实安稳，我便这样拉着——我也踏实安稳……儿子巴图把它拍下来拿给我看，我说：'有一天你也要这样拉着我呢……'"

这段文字，几幅画面，戳中我心。大滴大滴的眼泪，仿佛融化了的水滴，扑簌扑簌地往下掉。内心生发出感动和震撼，感叹生命来去，岁月无情。与至亲最后的告别，无声、无力，又无奈。

能这样静静地握着母亲的手，送她最后一程，对生者来说，或许是另一种慰藉和幸福吧。这是生命的联结，灵魂的相拥。

对即将离去的人，这种陪伴，理论上，透过理念，可以减轻恐惧、不安、焦虑、埋怨、牵挂等心理，令其安心、宽心。在情分上，是"你放心，我在呢，和你一起面对"的温柔以待。

孔子云："父母之年，不可不知也，一则以喜，一则以惧。"

这句话的意思是：父母的年龄，做子女的不可以不知道。一方面，因为双亲年高体健而高兴，另一方面，因为他们岁数大而担忧。

这是年少时常听父亲念起的一句话，它道出了父亲对远在千里之外的祖母的起居饮食、疾病苦乐的一切牵挂。他曾在许多个无眠的夜晚，披着外套，坐在灯下，埋头给祖母写信。他一定埋怨自己无法像大鹏鸟一样插翅飞到祖母身旁尽孝，内心充满了无法摆脱周身的蹊径和牵绊的无奈。

树欲静而风不止，子欲养而亲不待。这怕是生而为人子，最无能为力的痛楚。当年父亲对祖母的那般情深，根植到我的内心深处。

犹记得那年腊月寒冬，风在吹，雪在下。我心神不宁地挨到晚自习下课，背着书包冲出教学楼，却再没见到那个在校门口接我回家的身影。他的音容笑貌，我只能在他留给我为数不多的记忆里找寻。

父亲走的那年，我十六岁。那时，我始终无法相信，无法接受。生活在温暖臂弯中的我，成了没有父亲的孩子。

印象中的父亲是坚强有担当的超人，是博学多才的"百科全书"，是这个世上最爱我，最宠我，在我的成长中给予我最多陪伴和耐心教导的人。

我曾一度沉浸在失去父亲的痛苦中不能自拔。我深知，这漫长的苦痛和煎熬，饱含父亲对我的放心不下，更饱含我没有在他生命的最后时刻，陪他走完最后一程的遗憾、自责和愧疚……

忘不了厚重如山的父爱，续不完这一世的父女情。

多年前，我们院里住着一位独居老人。他是知识分子，老伴早年过世，他独自一人供养两个儿子念完大学。老大在西宁当公务员，老二成了家，在山东做项目工程。两个儿子工作忙，离家远。兄弟俩曾试图把父亲接到身边，邻居也帮忙劝说过，老人执意不肯。一方面在自家老窝住惯了，另一方面他不愿拖累孩子。

进门一盏灯，出门一把锁，数十年如一日。老人每天都在小区遛弯，然后坐在树下的石凳上，和小区来往的人打招呼聊天。

小区里和老人熟识的师傅说，有几天不见他了。这引起了大家的警觉，去他家看时，电视机的节目播放着，但老人已经与世长辞。后来听说，大概是在去世两天后，才被发现的。

两个儿子回来处理父亲的后事。老大跪在地上哭，哭他没能见老父亲最后一面，哭他这么多年，一直在忙，很少关注父亲的身体，没带他出去吃过一顿饭，哭他这辈子对父亲欠下的恩情，再也无处偿还，哭他老人家一个人，孤零零地离开……自责、遗憾、悔恨和负疚，或许会伴随他们一生。

我一同学，毕业后跟着国内从事临终关怀的老师研究学习。她之前和我聊起她婆婆的去世，给她带来的巨大触动。

结婚后，他们和婆婆住在一起。老人帮忙带小孩，操持家务，身勤体快，为家里付出很多。婆媳关系一直相处融洽。可后来，婆婆身患癌症，他们两口子无所适从，最终选择对婆婆隐瞒真实病情。

同学说，婆婆一向热心肠，左邻右舍几乎都得到过她的帮助，自尊心很强。也是出于对婆婆的保护，一来担心她得知真相受不了，二来如果大家知道了，纷纷来探望，难免影响情绪，反而不利于病情。

不出几日，老人的病情进一步恶化，送进医院。由于癌细胞扩散，无法切除，只得接受痛苦的化疗。老人日渐消瘦，坚持要求回家静养。她不希望被人看到自己憔悴不堪的病态，终日大门紧闭，郁郁寡欢。

回家不到一个星期，人就走了。

街坊邻居一面为之难过，一面遗憾。如果早一点得知消息，在她重病的时候可以多来陪她聊聊天。同学说："我虽然学习临终关怀，却将更多的精力放在了理论研究上，忽视了实践操作，在婆婆身上没出一点力，没起一点作用。婆婆是在痛苦、遗憾，甚至是怨恨中走的。"她不能原谅自己。

家人以自己的理解和方式，千叮咛万嘱咐，忍耐着野火把心烧焦，选择隐瞒。为的是不让火星溅到爱人的发梢。可对于生者来说，没有及时对临终前的人给予开示、劝导、告别等，埋在心里的结，恐怕是活着的人最难解开的吧。

在一本名为《别以为还有 20 年，你跟父母相处的时间其实只剩下 55 天》的书中，有这样一个分析：

"常年与父母分隔两地的人，一年当中，只有逢年过节会与父母见面，虽然有六七天，但是，一天当中，和父母实际在一起的时间不到半天。以数学公式计算，假如一天最多能在一起 11 个小时，父母若是 60 岁，而且能活到 80 岁的话，其实你和父母实际在一起只有 1320 个小时，就是 55 天，连两个月都不到。"

人生一世，草木一秋。这一世的父女母子一场，就是在不断的离别中越走越远。

如果那一天终将到来，你会不会紧紧地握住他们的手？就像小时候，他们牵着你的手。生怕一松开，再无相见。

如果那一天终将到来，你希望谁紧握你的手？是携手相伴到老，情比血缘深的伴侣，还是难以割舍，曾经脐带相连的孩子？

"人生天地间，忽如远行客。"唯愿，活着的人好好地活，逝去的人一路走好，生死两相安。

爱，会迟到，但不会缺席

在爱情这个问题上，本就没什么"你应该"和"我应该"。如果为了所谓的"面子"，违心选择，很有可能连同"里子"一起失去。

今天下午，这个心存善念惜福的姑娘，与她的冯先生宣布了结婚的喜讯。

兜兜转转，相识相知20年的两个人，最终走到了一起。

没有高调热闹的婚宴，没有名贵奢华的珠宝首饰，没有你侬我侬的甜腻誓词，只有随性接地气的只言片语，却流露出简简单单的美，平平淡淡的幸福。

就是这么简单，这么随性，这么突然。他们说："什么都可以错，但是，别错过爱你的他／她。"

是的，什么都可以将就，但是，别将就爱情。

几乎同一时间，我收到了远在异国的猫猫发来的喜讯：她准备结婚啦！

猫猫是我高中时的好姐妹。个性要强，擅长小语种，舞文弄墨，多才多艺，是我们年级的颜值担当。

华子家境殷实，有礼有节，言谈举止间满是书生气，是我们班公认的三好生。猫猫、华子还有我，我们的家距离不远，放学后常结伴同行。

到了高二，他们两人恋爱。学习上相互促进，兴趣爱好相仿，从不会拖彼此的后腿。他们喜欢拉上我这盏高瓦数的电灯泡到处玩。我见证了他们那一段青葱纯真、不掺任何杂质的爱情。

后来，他们考上了同一所大学，继续着爱情马拉松长跑。两人经常步调一致地在 QQ 空间晒阳光美满的小幸福。

大学毕业后，作为独子的华子，在家里的要求下，考了家乡的事业编制。

猫猫则通过校招，去了上海一家外企工作。她凭借踏实、努力和进步迅速，得到领导的认可和赏识，成为部门的储备人才，重点培养对象。领导出席一些商务洽谈的场合，总是喜欢带上她。慢慢地，她的专业技能精湛，商务谈判能力突出。公司为期两年外派瑞士的项目，全权交由她负责。

华子，包括他的家人一致认为，他们年纪不小了，希望猫猫回家完婚，找一份稳定的工作，过相夫教子的日子。

我清楚地记得，要强的猫猫一脸坚定地对我说："在我的词典里，没有到了某个年纪，就必须随大流去做大家都在做的事情。这是一个不可多得的机会，我必须迈出这至关重要的一步。我知道我想要的生活是什么样，它不是现在。华子应该理解我，支持我。"她不顾劝阻，孤身前往。

面对猫猫的决定，华子一家人不能接受。经人介绍，华子顺了家人的意愿，娶了在当地一所高中任教的女教师。

猫猫曾茕茕孑立三年之久。那期间，她不盲目随从，面对家人的催促，她不动声色地把日子过得有声有色。个人问题当然是同学聚会必然会问及的。对于紧追不舍的"关心"，猫猫一向笑而不语。她知道，他们大多是寻开心。

猫猫刚刚在电话里对我说："小欣，你知道吗，通过我的耐心等待，终于等到了他。在他那里，我可以做我喜欢的事情，他教我做回一个孩子。"

我湿了眼眶，既激动，又高兴。为这个好姑娘不再是只身一人漂泊在异国，为她终于遇到了可以栖息的臂弯。亲爱的，一定要幸福。

说到这儿，想起了我的一个朋友。

今年 2 月份，她和一个相识不到半年的男生结了婚。她说，她单身怕了。怕自己像七大姑八大姨们所说，再拖就真的嫁不出去了。

她曾经有一个相爱五年之久的男朋友，因为某些不值一提的原因，错过了彼此。那之后，她一直没触碰感情。

她的结婚对象，是父母相中的。人比较老实，言谈举止还算得体。在老家经营小本生意。

可他们在一起没多久，还是分开了。她说，和她结婚的那个人，缺乏担当。价值观完全不同的两个人，实在不能携手一生。她要为自己活，不再为讨好别人来委屈自己。

朋友现在已经离开了生活多年的城市。她要趁年轻，出去闯一闯。她说，感情不怕多等一等，要用平和的状态，去遇见。

是啊，在爱情这个问题上，本就没什么"你应该"和"我应该"。随波逐流的人和事太多了，如果为了所谓的"面子"，违心选择，那请一定做好可能失去"里子"的心理准备。理智地说，没有到了某个年纪，就必须做某件事情的规定，除非"我愿意"。

　　如果为了家人的着急而结婚，因为看到周围人成双入对而结婚，因为听到了某些风言风语而结婚，那种"逼出来""比出来"的婚姻，可能会令人失望。

　　对于婚姻这件事，还是要遵从内心，跟一个彼此喜欢、彼此欣赏的人携手，时刻洋溢着幸福，我希望看到这样的你。

　　别将就爱情。爱，会迟到，但不会缺席。

对不起，你要找的人不在服务区

"有时候，张开怀抱，你才知道自己有多脆弱，开始习惯隐藏，不再乱想。不找了，找不到的。你还在想些什么？这世界已经疯了，你就别再自找折磨。别找了，找不到的。上帝已如此忙碌，该来她总会来的，别找了。"

吴诺晚上打来电话：哥们儿一个人在喝酒，哭得跟傻子似的。电话里说，好久没去什刹海了，想去转转。我琢磨，这家伙一定是遇到什么事儿了。

什刹海人头攒动，笑语歌声，霓虹闪烁，岸边水上都热闹。吵热气氛，没有人在意你的心有多冷。

吴诺双手放在兜里，低垂着脑袋。行人你来我往，匆匆擦肩。似乎每一个人的背后，都藏着一颗孤独的心。

他开玩笑，在这座繁华的城市，这个地方，是看不到经济危机的。

接着苦笑一声，说，经过那么多事儿，兜兜转转，如今再也不用为吃喝住行发愁，却把最真挚最宝贵的东西弄丢了。

我知道，吴诺说的是肖雅。那个大学一毕业，就跟着他从重庆颠簸到哈尔滨，再到北京的姑娘。那个一路陪他打拼，见证了也参与了他从穷苦日子一步步蹚过来的姑娘。

吴诺和肖雅是在大三勤工俭学的时候认识的。他家里的经济状况差，上大学的费用是依靠助学贷款和奖学金来支付的。他平时兼职打工，但凡赚钱不违法不误课的差事，他都尝试过。

上学那会儿，他学习认真，成绩好，话不多，人稳重，经常组织参与学团活动，和老师同学相处得好。

肖雅是本市人，家庭条件不错。肖雅爸爸单位经常发购物卡、优惠券，有些没焐热乎，就不翼而飞了。家里买回的食品，过后总是分量不足。后来在肖爸的观察和旁敲侧击下，肖雅如实交代了。

肖雅像小松鼠一样，给这个穷小子一点一滴地改善生活，添置日常所需。开明的肖爸没多说什么，只是嘱咐她，把握好自己，注意分寸。

肖雅也曾偷偷地把自己的零花钱塞到吴诺的钱包里。吴诺一度为此特别伤自尊，拒绝肖雅的一切物质帮助，甚至躲着不见她。

两年前，吴诺处于创业的上升期，事业快速发展，无暇兼顾感情。而肖雅，不尴不尬的年纪，加上家里催促，两人矛盾频发。他们吵吵闹闹，分分合合。最后，吴诺狠了心，放了手。

吴诺端起一杯酒，一饮而尽。他说，以前我一直认为，没有什么比发展事业更重要。爱情和事业，如果发生冲突，我只会忍痛放弃爱情，选择事业。我是个爷们儿，没有经济实力的支撑，就没有资格谈感情。我给不了肖雅幸福，不想耽误她。而没有爱情，我会孤独，可我本来就是一个孤独的人，我能忍受。

他顿了顿，又是一杯。借着昏暗的灯光，我看到他落泪时用一丝无奈的笑掩过。

他接着说，肖雅是个路痴，看不懂地图，跟着导航也常走错路。我对她说过，我就是她的活地图，会一直为她带路，最后，我却丢下她，一个人走了。

看得出，吴诺的悔恨，肖雅在他心里的分量，非同儿戏。他没有放下。

遇到你的时候，我不懂爱情，不知珍惜。后来，我总算学会了如何去爱，可是你早已离开原地。

一年多的时间，吴诺的创业项目有了起色。他说，这种喜悦，第一个想分享的人，就是肖雅。

肖雅的电话号码，吴诺一直熟记在心。他鼓足勇气，拨通那一串熟悉的数字，在等待接通的短短几秒，七上八下的心都快跳出来了。可结果，他意想不到——对不起，您所拨打的号码是空号。

那天，吴诺开车去肖雅的住处，一路默念：肖雅，你一定要在。他风尘仆仆地赶到，合住的姑娘告诉她，肖雅早就搬走了。她离开这座城市了。

原来，那间屋子，早已换了主人。

两年来，吴诺经常下班绕远路过这里，抬头看到那个亮着昏黄灯光的屋子，便觉心安。

他以为，他一直在以另一种方式关注和陪伴着肖雅。她或许能感受到。又或许，不重要了。

吴诺那天去了他们以前经常一起吃饭的小店，徘徊在曾经牵着肖雅的手走过无数次的街道，一切还是老样子，却充满了陌生的气息。光秃的银杏树，沮丧地呆立在路旁。

原来，当初没有说出口的再见，竟是再不相见。吴诺以为，只要他记得肖雅的电话号码，找得到她的住处，他们总会重逢。

时间说长不长，说短不短。可是感情，哪里经得起这般消耗。

有的人只能陪你走一段路。有的人，错过了，才意识到他的好，但从此，与你无关。擦肩和错过，无关选择，没有对错。正是这样，才会有下一份珍惜。

我走了，你领悟得太迟了。

我们是不是也一样，总以为来日方长，却一不小心，天各一方。我们是不是也一样，拥有的时候满不在乎，百般嫌弃，直到失去了，才后悔莫及。

我们一路走来，看过那么多风景，走过那么多路，懂得那么多道理，却始终学不会"珍惜"。

该来的，总会来的。

如何走出失恋的伤痛

失恋这件小事儿，你一个人做不来，一定要有人成全你。而且这个人，得是你最在乎的，否则没有杀伤力。

放弃一个喜欢的人，或者恋人分开，斩断你与这个人的连接，即使他就站在那里，你也再没理由奔向他。在一定时期内，你会否定部分自我。更有甚者，否定全部自我。失恋后情绪低迷，在一段时期内是正常的。因为成长，会伴随着一些忧愁、痛苦，甚至是抑郁。

前些天，一位女记者因为男朋友的背叛而取消婚约，她在极度悲伤和绝望中，选择以结束自己的生命，让对方一辈子活在自责和忏悔中。姑娘这一步走的，让人叹惋。

"身体发肤，受之父母，不敢毁也，孝之始也。"我希望每一个人牢记，不管你的明天遇到了什么在眼下看似过不去的难关，都不要轻易地残害自己，伤害他人。因为你的"惩罚"，对一个以背叛伤害你的人来说，傻得可笑。但对于白发人送黑发人的残忍，代价惨重。

近期时有读者倾诉情感问题。一段段轻描淡写的故事，如出一辙的悲伤结局，不免隐隐地心疼。想给每一个正经历着情感伤痛的人，一个温暖的拥抱。

隔空安慰无济于事，一到夜深人静，月明星稀的夜里，孤枕难眠。难过还是会让人再次坠入万劫不复、自我折磨的痛苦深渊。

那段日子，你封闭，退缩，把自己禁锢在悲伤里，和孤独做伴。一觉醒来，心被痛苦紧紧地攥着，捏着，时不时抽打着。做什么事情都没精打采，不想出门，只想宅在家里。你感觉不到饿，没一丁点儿食欲。你开始尝试抽烟，喝得酩酊大醉。你睡不着，总是盼望着他的电话，一听到手机响就紧张，然后失望随之而来……

如果我说，直面失恋，它是你人生的必经阶段。每个人都会经历，不要逃避，享受它带给你的痛苦，因为它会让你日渐成长，心变强大。那么，我一定是站在一个旁观者的角度，说着当局者清楚，却很难做到的话。

你可以找人说，自己写，总之你的情绪要有出口，不然会决堤。你可以像个受害者一样，向你的亲朋，你的好友大吐苦水。你可以恨，可以骂，但要分析，怎么走到了这一步，说着哭着骂着，也许就明白了，想通了。不要怕说出来会惹伤心，不要担心被人笑话，说出来就是一种治疗，能说出口的难过，是可以接受和面对的。

你选择"理智"地接受这个让你万念俱灰的事实。你说，你不恨，原谅了，只是性格不合，没有对错。你说，自己运气不好，错的时间，难违现实。你说，人心难测，负了真心，咬碎了牙往肚里咽，决定忘掉他。你责怪自己，遇人不淑，眼拙不识人。

你回头，看到当初那个傻傻爱着对方的自己，你说，看清了对方是一个不值得的人，他性情不稳，不肯弯腰低头，常对你熟视无睹，玻璃心易怒。你告诉自己，不犯贱不纠缠，保留一丝自尊……

恋爱时，你的智商所剩无几，失恋时，你的情绪不受控制，你能给予自己的正能量余额不足。这段时日需要熬，分分秒秒地熬。但它却实实在在，能给未来的你套上一层厚重的盔甲。

可能一个月后，你可以正常地饮食起居，贴着面膜，看电影；两个月后，你可以将身心投入到工作中，只是脑海中偶尔会想起那个人，心咯噔一下；第三个月，你为自己的职业生涯做了阶段性规划，按照计划，你正一点点努力；四个月后，你的精神状态焕然一新，你会急着去遇见未知的自己，未知的人生。

恢复的过程或许会漫长一些。无论这段感情是以何种方式结束，如果你拥有强大的情殇治愈能力，很快地找到下一段感情，而不是去分析刚刚结束的那段恋情失败的原委，这或许会成为今后恋情的痛苦和隐患。

如果你想略过这段令人身心难熬的时日，它带给你的便是在反复循环中遇到的同一类问题，同一类错误。

从失恋中走出来，取决于你。你的幸福感来自你自己，而非任何外物。

其实，失恋是开始，而不是结束。趁这个难得的机会，重新认识自己，认识世界。

注意与外界保持连接。和人交流，了解他人的心路历程，分享经验，听演讲，参加休闲娱乐活动，带上帐篷，踏青露营；去大草原，驰骋在一望无际的草地上；海边也不错，消遣散心。

保持学习，关注自己的身心成长。接触美好的事物，亲近自然。

吞吐花草的芬芳，聆听蝉鸣鸟语；听一曲动人的音乐，唱一首喜欢的歌；读一本好书，哪怕是一个印象深刻的故事；把你的思考写在纸上，或敲到文件夹里；出去跑步，这是最好的运动方式之一，开始健康之路。

照着菜谱做一道菜，享受从逛菜场，买食材，到回家择菜、清洗、搭配、翻炒等一系列的烹饪过程；把窗帘、被罩统统清洗一番，换上一床崭新的散发着阳光味道的床上用品，感受来自你亲手带来的一点一滴的快乐。在逐步关注自我，肯定自我的过程中，你会变得幸福和充盈。

你会感谢这段日子，愿你好。

教养就是，己所不欲，勿施于人

没教养是丑陋者的通行证。

在餐厅吃饭，偶尔会看到这样的情景。饭点儿人多，老板服务员忙得焦头烂额，菜品供应速度慢了，就有顾客对服务人员大声呵斥，俨然一副主人对奴仆的姿态。

超市收银员因制止小孩玩收银机的扫描仪，先后遭到孩子家人不分青红皂白的掌掴。事后调解中，打人者蛮横跋扈，并扬言：不光要打你，还要你坐牢，随便你告，我上边有人。收银员不堪欺辱，走出调解室，用一把刀捅向自己。

环境中的弱者身处困境，面对一群毫无素质、野蛮无礼、无情绪管理的三无人员，以及他无法掌控事态的发展，他会习惯性地选择一种极端的"示弱"方式——逃避或自残，以委屈或者伤害自己的方式，力求终止或缓解他不想继续面对的场面。

我为逝去的生命叹惋，更为这种屡见不鲜的欺负人、凌辱人、迫害人的行为和事件感到悲哀。

服务工作在没教养的人眼中是"低等人"的差事吗？言语不合，

张嘴即骂，伸手即打。谁赋予你"高人一等"的肆意嚣张和出手打人的权利？

前些天，暴雨频仍。雨天宅人多，外卖生意火，暴雨使路面积水，苦了送餐师傅。

其间，他两次给客户打电话沟通，并因送餐迟到致歉。道路湿滑，他跌倒了，雨衣划了一道大口子。他用几个黑色塑料袋把送餐箱包裹严实。他说，自己湿透没什么，但餐箱不能被雨淋，要保证客户吃到热乎的饭菜。

他全身湿透地出现在客户面前，客户将外卖扔到地上，接着便是劈头盖脸地人身攻击。送餐师傅蹲在地上，默默地将地上的快餐装回袋子里。

面对客户长达三四分钟的辱骂，他唯一的想法就是忍让。这是他的工作，不能还击。他考虑的是争取让客户骂够了，气消了，签收这一单。当客户把外卖扔到地上时，他很担心，如果这一单客户拒签，他就得替客户买单。这笔餐费，相当于他一天的收入。

工作无贵贱，态度有高低。年纪尚轻的送餐师傅，他有素质的服务态度，已经把自诩为"高高在上"的订餐人远远地落出几条街。

快递员的车与京牌车主倒车时发生剐蹭，车主不仅对快递员破口大骂，还先后五次对其掌掴。导致 27 岁快递员头部外伤，软组织挫伤。快递师傅怯怯地向对方道歉，反而激起对方无休止的怒火，被继续扇打。

同属于服务行业，车剐了，该赔赔，该修修。一副不可一世、盛气凌人、满口脏话、动手打人的丑恶嘴脸，只能印证你的无知和缺少教养。

相声演员岳云鹏在作品中，对自己的过往经历呈现出的是各种调侃，百般幽默。他最不能忘记的，是 15 岁那年做服务员的一次经历。他将顾客六块钱的两瓶啤酒写错了，他说尽好话，包括免单，费用由他出。但是顾客不依不饶，从买单到离开，三个多小时的时间，一直在骂他，羞辱他。15 岁的他忍住了，什么也没说，为顾客掏了 352 块钱。

十几年后，他走上春晚舞台，创作了相声《我忍不了》，说尽了日常生活中的不文明现象。他呼吁，人要注意自省，从自身做起。人与人之间，应该友善、体谅、文明。只有这样，大家才能更有尊严地活着。

社会对服务行业及相关岗位的理解和尊重，远远不够。这当引起我们的反思与思考。

通过对自以为是、习惯高昂着头颅、鼻孔朝上者的解读，不难发现，这些人都有一些共同的心理，那就是我有权，你无权；我富有，你贫穷；我职业高尚，你工作卑微；我出身高贵，你身世低下。

他们自己总结出这样一个谬论：我高贵，你低贱，我可以对你不屑一顾，大呼小叫，颐指气使，而你，只有低三下四，低眉顺眼，听从忍受的份。

但是，即便你出身高贵，拥有多么具有优势的资源，都不能成为你对基层群体横眉冷目、拳脚相对的理由。

别配不上你的野心，别辜负你受的苦

时间不会带走无所事事的人的无聊，却能让脚踏实地与其赛跑的人逐渐沉淀，成长蜕变。

给高三学生上课。

这是一个有时间观念，对自己的成绩高要求，课上严于律己，时刻绷紧了神经的学生。时常会在校区看到她，总是早早地来，波澜不惊地坐在一隅，很少言。几乎每次给她上课，我都是一气呵成。除了快速练习的时间，基本上就是我不停地讲，她认真地听，时而她会抛来一个问题。

最近我们在练习课外文言文。在不能准确地理解文意，做错了两道选择题后，她埋下头，自责地流下了眼泪。我的心瞬间被触碰了。她的茫然无助，我感同身受。仿佛看到了高中时期的自己。

数学课听讲格外认真，课下作业认真对待，却始终不见成绩给予我相应的馈赠。现在回想，没什么遗憾。我认真对待了每一步，尽了自己最大的努力，即便结果不称心所愿。能力所达如此，我强求不得。

我容易被这些踏实认真的孩子们感动，更愿意帮助每一个有理想和目标的孩子去改变。每一个对自己有正确要求的孩子，都应该被厚待。我常对他们说，不要给自己超负荷的压力，要肯定自己一点一滴的进步。你正朝着你所希望的样子走去。你争分夺秒的努力，我看得到，你也要给予自己肯定。

可生活，不是你努力了，它就会依照你的想法前进。但生活，不会亏欠每一个努力的人太多。

曾几何时，我们同样站在梦开始的地方——大学。那时，仿佛张开双臂，拥抱的，是整个世界。

中文系最稀缺的资源是男同学。为数不多的中文系男同学颠覆了我以往对中文男生诸如出口成文、吟诗作对、儒雅气质等畅想。

起初，印象中的云哥就是那种很难引起你的注意，常常被忽略了存在的人。他家境不好，身体瘦弱。常穿一条灰色布裤，裤腿处，像正在长个子的孩子，短了一截裤脚。

他习惯逃离我们的视线，走在人群的末端。他置身在自己静默的世界里。没课时，常见他怀里抱着一摞书，低着头，锁着眉与你擦肩，走向图书馆。

他喜欢阅读，也爱思考，惜时如金。我发现，他每天都有一份学习计划表。有时候想跟他请教一个专业问题，却担心会影响他当日的学习计划。

后来，云哥爱上了跑步。深夜静谧的操场上，总能见到他夜跑的身影。跑累了，躺在草地上，喘着粗气，然后沉郁地望着星空。伴着深冬的雪，操场上留下一串深浅不一的足迹。他弯下腰，捧起雪，怔怔地立在那。然后，向空中扬去。

他喜欢研究金融、法律。他宿舍床头的灯，总是最后熄灭。

后来，他考上了我们学校的硕士。长期坚持运动，使他整个人看上去健壮了许多，精神状态也不同以往。

云哥和我们坐在一起，褪去了曾经的瘦弱和自卑，笑谈那段无人陪伴，走过来的路。他说，只能左手握住右手，踩实脚下的每一步。他也曾在暗夜里流过泪。擦干后，继续奔跑。他体内蕴藏了多少毅力和能量，我不得而知。

他坚持每天早上五点起床，然后晨练、阅读。他能就某一话题，侃侃而谈，并展开独到的见地。那些冰冷的时光，在他的身后变成一簇光环，植入他身体里的，还有一往无前的动力。他偶尔调侃一下我们，客观地指点迷津。

席间感慨的人不断，班内曾参与组织各种社团活动，每天呼风唤雨的风云人物，如今大叹不如。时间赋予每个人等同的量值。却在不同人的手中，生发出不同的价值。

清晨五点，正是我酣睡美梦之时，却是云哥一天生活的开始。我们的距离，就是在每天少睡的两个小时，每天有计划的时间列表，清晰的阶段目标中，越拉越远。人，就是这样走上了高处。

很多时候，我们觉得很累，打不起精神去做一些事情；我们觉得很困，却在床上睡不着。其实，不是因为我们老了，而是因为我们没有合理地运用时间。我们的时间如此宝贵，为什么不去规划利用。很多所谓的休息时间，不应该是去蒙头大睡，而是需要调整生活状态，换个大脑。

这个时代，起跑点如何已经变得不那么重要了，关键在于你是否愿意做在别人休息的时候不停歇，依旧努力奔跑，并终身奔跑的人。我们多数都是普通人，走在拥挤的人潮中。而只有少部分人，成就了更好的自己。一件事，结果怎样，并不是你考虑做与否的关键。其间的经过，才配称为财富。

　　上一阶段的路走完了，下个转弯处，定有美好等在那里。

　　一段时光的终结，是为了下个时辰的闪耀，储蓄能量。时间溜走的同时，不会带走无所事事的人的无聊，却能让一个脚踏实地与其赛跑的人，逐渐沉淀。

　　别配不上你的野心，别辜负你受的苦。不逼自己一把，你不会知道自己有多优秀。再不努力，生命就不止是眼前的苟且，还有未来的苟且。

他说，分手后还可以做朋友

　　　　每一段缠绵悱恻的爱情开始，我们都希望恋情能够长长久久。不敢直面分手，是因为那个时候的自己，还不懂得分手的真正意义。

　　路西刚分手的那段时间，食不知味，夜不能寐，请假在家，以泪洗面。半个月，体重掉了 13 斤。难过、心痛、委屈、不舍，积压在心里。她满脑子都是对方，似乎任何一句话，随便一个物品，一个举动，一段歌词，都能勾起她失恋的痛楚。

　　分手时，对方答应她，即便分手，今后仍是朋友。男生说：你永远是我的家人。

　　男生故作轻松地说："以后有时间，我们还可以一起吃饭，一起聊天。遇到任何事情，只要你开口，我会不由分说地帮忙。如果有人欺负你，是我最不能忍的，一定要告诉我……"

　　男生说这些话时，眼眶泛红，热泪在眼里打转。

　　路西记住了这番话，总是忍不住联系他，思念的豁口越来越大，夹杂着些许希望，还有不甘心。

渐渐地，男生借由忙，便很少接听她的电话。直到后来有一天，路西看到他拥着另一个女孩走在街角。难过的情绪，泛滥成灾。

分手时的一番话，那么动人，让沉浸在爱河中不敢相信分手事实的傻瓜相信，产生依恋。它仿佛魔咒一般，在耳边回响："你们还有希望，别放弃！"就像当初情到深处，牵手、亲吻那么自然。就像当年漫无边际地畅想两个人的未来，那么认真。

这些都是那个有着"前任"称谓的人，留给念念不忘的对方的声色、影像开关。它们会在不经意间，猝不及防地被触碰，在你毫无防备的情况下，打开记忆的闸门，那个正在某个地方努力生活，或是拥抱新欢的人，便会涌上心头。

如果他希望分开后继续做朋友，大抵不排除我说的这种情况吧。

没有真心爱过，相识一场，多个朋友也不错；还没有放下，想继续有交集，想默默地为对方付出，希望有重归于好的可能。无论是哪一种，无所谓好坏。

可事实上，很难再主动联系了。即便想念，却不知道再以什么身份面对。作为恋爱感性，分手理性，自尊自爱，各自安好的人，大概是不会去触碰或者破坏曾经的美好。

但分手毕竟是一件处理不好，就伤己伤人伤心伤身的事，怎么分，才能把伤害降到最低？

将心比心，但不要同情心泛滥。

凡是分手，或多或少都会伤到对方的自信心。别把话说重，体贴对方的难过。可是，不能因为心软，举棋不定。立场不坚定，态度不明确，会加重对方的痛苦，是一种折磨。

分手理由要客观，不要把责任全部推到对方身上，应该将自己的真实想法表达清楚，而不是攻击对方的缺点，阐述对方的错误。把分手的原因放在两个人无法相处的事实上，否则对方会以"我会改变"，进入了讨价还价的状态。

还有，一旦提了分手，就切断联系吧。不要为了让自己心里好过一点而主动关怀。不要说"分手后还可以做朋友"这样的屁话，这会让执迷不悟的对方看到希望。

分了就是分了，祝福对方有个幸福的归宿，是希望给这段感情赋予一个看上去完美的结局。

然后，各自回到安静的空间，于无人处舔舐伤口，抚慰伤心。你的世界我曾经来过，我的未来不再有你。如果还会联系，继续做朋友，伤口怎么愈合，怎么开始新的生活，新的感情？

在爱中的你，有了软肋，也有了铠甲。爱情失利，就如同打断了你的一根肋骨，伤筋动骨的疼痛，让你后来的日子，不敢用力喘气，一吸一吐间，伤处隐隐作痛。

尽管身边有人在你伤痛时给予同情、安抚或陪伴，拉你一把；有人告诉你，想联系就去联系，想做就做，别委屈自己，免得后悔。我想，这可能会暂时缓解伤心，却免不了再次掀起血肉模糊的伤口。最终怎么合上这道口子，全凭你自己。

有的人会容易释怀，对一段感情的逝去不悲不喜，或许投入的还不够，或许是经历多了，心麻木了，有了抗体。有的人看似不需要切换心境，便投入到正常的工作和生活中。重归自由，没了约束和牵绊。可以自在地喝酒抽烟，做什么事情不用报备，也不必解释。

如果了解分手的本质，就会好过很多。分开，是成就彼此的最好时刻。

你会变成更好的你，他也会变成更好的他。如果一味地沉浸在对过往幸福的回忆中不能自拔，应该没有什么比这更妨碍接下来的幸福了。

还是那句话：**分手后不必做朋友，毕竟彼此伤害过；也不必做敌人，因为彼此深爱过。**

这样自带光芒的生活，想想都痛快

在本该奋斗、闯荡的年岁里，去遇见一切美好的、不那么友善的意外。每一种本真的、适合自己的生活，都那么快意人生。

朋友佳洺平日习练铁人三项。喜欢徒步、户外、自驾，最爱骑行。

工作之余，他去过充满奇幻和神秘色彩的塔克拉玛干沙漠，去过依山垒砌、殿宇嵯峨、气势雄伟的布达拉宫，到过风花雪月、云淡风轻的洱海，在广袤无垠的大草原驻足、奔跑。

他对未知的生活充满好奇和向往，在旅途中，满是激情和热忱。他曾说，陌生旅途中的一切经历都值得，当然也不乏突如其来的变数带来的恐慌。

他在敦煌鸣沙山的无人区一带徒步，穿越沙漠、戈壁、河流。负重穿越沙漠消耗大量的体能，他曾迷路，遭遇打劫，却和打劫的人成为相伴同行的驴友。也曾面临缺水短粮的危机挑战。

他在普陀山的一次骑行中，遭遇随意穿行的电动车追尾。带着伤痛，在杳无人烟的盘山公路上等待救援。

他回来后和我分享旅行体悟，一路收获的兴奋和喜悦溢于言表。他也犯过怵，但与一路未知的新鲜感和难得的际遇相比，那些让他恐惧和退缩的事情，似乎不值一提。

劳动节和朋友去体验馆买生活用品。谈笑间，她突然在林林总总的彩妆前驻足。看着她犹疑的神色，我建议她进店尝试一下。

她一向宣扬自然美，不屑粉黛，在营业员的盛情邀请下，半推半就地进了店。等我选好日用品准备付款时，她光芒万丈地出现在我的面前。

我惊呆了！

浅浅淡淡的一抹粉红，在她的双颊晕染开来。灵动的眼睛滴溜溜，喜不自禁的眼神中，闪烁着惊喜和雀跃。

从那以后，她开始学习快速化妆，每逢休息便喜欢游走在各大商场的化妆品专柜前，搜罗各色化妆品。每次出门前，一定会精心地描摹勾画，然后自信满满地走出家门。

化妆这件小事，于别人而言，稀松平常。对于一个活了二十几年，从来没有接触过化妆的姑娘来说，是一个奇妙的新天地。她推开了一扇门，门里的世界，是她从前不愿触碰的，如今却给予她肯定，赋予她喜悦。

那种喜悦应该就是一向穿惯了宽松休闲的服饰，却也能将精致得体的礼服，高端显贵的高跟鞋穿出惊艳众人的效果。原来，你发现，镜子里的自己，丝毫不输其他人。终于做了一直向往、想做，却一直没有做的事情，那是一种装满盛大喜悦的心情。

化妆并不是臭美，而是一种态度，是一种稍微用心，就会带来喜悦和满足的仪式感。它好比作画，水彩画笔就如同化妆品，画布就是你的脸。

我一直觉得，在忙碌的日子里，停下快速前进的脚步，和着感知美好的心境，描摹多姿多彩的生活，是无与伦比的美丽。

当初我突出重围，进入一家知名的事业单位，是因为它稳定的光环。后来离开，也是因为稳定。

我不想继续安逸地活在被圈养的一亩三分地中。我不想过一眼望到头的生活。我不想在本该年轻的时光里，沉浸在一杯茶，一份报，一把转椅，一台电脑的荒芜里。我不想在二三十岁的年纪，活得无知、无聊、无趣、无味。

辞职以后的日子，左手教育，右手写作，一边行走，一边自由地支配时间，做喜欢的事情。

——累吗？

——不轻松。

——再给你一次机会，怎么选？

—— 依旧是同样的选择。

我不想等到垂垂老矣的时候，待办清单的列表上满满当当；我也不想白发苍苍回首往事的时候，有那么多没做过的事情，没有一件可以令我会心一笑。

这样的生活，不用名牌档次来比赛，不用金钱职位来排序。而是投资自己，把干涸的头脑，变得丰富有趣，保持对生活的热情和态度。

四平八稳的生活固然好，守着一份安宁祥和，挽手做豆羹。但你不觉得，那样的日子，过得好像一潭死水般宁静，欠了点火候。

相较于偌大的世界，我更倾心不羁放纵在路上的颠簸。在本该奋斗、闯荡的年岁里，怀揣贲张的血脉，去遇见一切美好的，不那么友善的意外。每一种超乎想象的活法，都那么快意人生。

去他的"改天"，再见吧"下次"

最忙的一天是"改天"，人人都说"改天有空聚"，但"改天"永远没空过；

最远的一次是"下次"，人人都说"下次一定来"，但"下次"从没有来过。

最难的一次是"再说"，人人都说"有空再说"，但"有空"再也没说过。

这些似乎已经成了人们之间心知肚明的客套和敷衍，没当回事的口头禅。

你对父母说："我现在的工作处于上升期，忙得分身乏术，下次休假，一定回家陪您二老。"

你对朋友说："哎哟，最近是真的忙乱了，改天一定约，我请喝酒。"

对孩子说："妈妈太累了，下次吧，下次带你去动物园。"

嚷嚷着减肥，要健康饮食，作息规律，要坚持运动，可饭后继续沙发瘫。

准备考研究生，备考资料买了，翻看几页，如今落上了一层厚厚的灰。

喜欢旅行，今年的出行计划却一拖再拖，迟迟没有走出家门。

喜欢美食，却抽不出时间下厨为自己做一道色香味俱全的菜肴，成了盒饭、外卖的忠实粉丝。

喜欢一个女孩，没有勇气让她知道，连约她看一场电影都不好意思，还安慰自己，等一个合适的契机。怎料下次没等到，女孩牵了别人的手。

半年前的健身卡，孤独地躺在被遗忘的角落里。

……

我们对家人说过多少次"改天"，对朋友说过多少回"下次"，对自己说过多少"以后再说"？告别等一等，把拖延甩在身后。

1

去年圣诞前夕，同事的父亲过世。

同事家在西北农村。他工作特别努力，一年之间，破格升职，加薪多次。据我所知，他已经有两年春节没回家了。他说，一是事务缠身，离不开。二是父母两人身体挺好，相互有照应。三是票不好买，路途远，劳心耗时。

他每周给家里打一次电话，有时忙起来，隔周一次。他的父亲在电话里，每次不变的就是嘱咐他，工作忙，别累着，家里很好，不用挂念……老人家除了关心他吃没吃好，有没有增减衣服，还有就是，催他找媳妇，在外有个照应。

老人常说："儿啊，没事就挂了吧，外屋几个老伙计催我打牌呢。"

逢年过节，他在电话里常对老人说："下次，下次放假，我一定回去。"

再不就是："改天，改天你们二老来北京，我带你们吃烤鸭，咱也逛逛北京城。"

我不知他是习惯了说顺嘴，还是真的计划有那么一天，或者是为了宽慰父母，减少自己的负疚感，总之，他的老父亲，没有等到这一天。甚至，父子俩都没来得及道个别。

他流着泪，懊悔地说：我说的每一个"下次"，父亲都会在日历上用笔标出，计算着距离"下次"的日子。他还说，以后我再也不会轻易地说"下次"了。

每一个"下次"，都承载着空头支票的风险，遥遥无期。说者没走心，听者却有意。工作光鲜，忙碌成狗，无暇停下匆匆的步履，仿佛站在云端，伸手可以触碰梦想。但是，有些人，却带着你"许诺"的"下次"，终不复相见。

2

去年年底，一个朋友喜得贵子。

媳妇儿出了产假，他说改天约几个随了份子的共同的朋友一起聚聚，并在电话里约好了"改天"的时间，具体地点他会提前告知。我们几个朋友也是满心期待，不仅可以小聚，还可以抱一抱可爱的百余天的小宝宝。

像我一样，放下其他安排，为了对方事先预约的"改天"一聚，从早等到午，直到日色晕染成黑，也没半点儿音讯。后来看到，人家两口子在朋友圈晒抱娃儿出行的幸福美照。或许，人家只是随口一说，没将此事放在心上。这个"改天"，拖到了大半年后的今天，再无人提及。

大多数时候，人家把"改天"当成了一句客套话，说出来，表示办事得体，有分寸，懂礼貌。但是，话说出口，没有人知道听者会不会当真。

3

还有一种情况下的"改天"，就是"没有天"。"改天复改天，直到没有天。"你要修得要领，人家真正的意思，是在说："再见，再也不见。"

就像你我的生活中，一定有并不熟悉的点头之交。某一天遇到，寒暄了半天，离开时你客气地说了一句"改天一起做某事"，对方不明就里，心心念念，隔三岔五地发来问候约期的信息。不回复吧，不好，可是一起玩儿，志不同道不合，没有共同语言，更尴尬。其实，上次见过面，说了再见，就意味着，不会再相见。

"改天再聚""以后再说""下次一起"，说话的人在说的时候，也许是真的想着会有那么一个"改天"和"下次"。只是，随着时间的推移，由于各种各样原因的堆积，导致了"改天"和"下次"不了了之。

总之，真情还是假意，认真还是客套，自己品味，自己拿捏。别让真正的热情，真正的期盼，真正的情分，因为一句既没走心，又没热度的"改天"和"下次"，变了味道，坏了质量。

这样自带光芒的姑娘，最与众不同

在爱里的你，既坚强又柔软。强，是因为一份安全的定力；柔，是因为最妥帖的真心。走过一个女人必经的跌宕，却能够轻易地唤回深埋心底的独立、纯真、坚定，充满好奇的自己。

1

我欣赏范冰冰，因为她曾在赤裸无情、毁灭性的流言面前，无遮无靠，坚定地说出那句"万箭穿心，习惯就好"。被人误解，百口莫辩，她没有拿眼泪博同情，而是坚持自省，努力，不松懈。

那段时间，她在博客中写道："坐在车内闭目，想起昔日寒山与拾得的对话。寒山问：'世间谤我、欺我、辱我、笑我、轻我、贱我、厌我、骗我，如何处之？'拾得对曰：'只是忍他、让他、由他、避他、耐他、敬他，再待几年，汝且看他。'"

凭借强大的内心和对梦想的执着，"忍让不理""汝且看他"，伴这个女子走过了一段刻骨铭心的时光，也是一段无法与她的成长剥离的必经之路。

这个既美且仁，有情有智的女子，不会为了成功不择手段，她会竭尽全力，坚持自己的原则。在我看来，她不是一个玩心机的人，而是一个用心用力的人。用心，是成功的必备素质。与此同时，她常怀一颗少女般的赤子之心。

她得知西藏阿里是先天性心脏病高发地区，因地处海拔极高，距离远，医疗落后，真正关注阿里心脏病儿童的人少之又少。病患家庭往往只能听天由命，患病者饱受疾病摧残的痛苦。她便决定成立关怀阿里心脏病儿童的项目。

这是一件任重而道远的事情。阿里，平均海拔4500米，人称"世界屋脊的屋脊""西藏的西藏"。高原病，经济条件和医疗条件落后，深深地困扰着当地人。

她忍受着高原反应坚持前行，反复感冒高烧，路遇山洪暴发，汽车爆胎……喊千万个口号，不如做一件实实在在的事。这条漫长的公益之路，一走就是七年，数千个日日夜夜。

她在《女孩的力量》拍摄现场，扎着丸子头，俯身将呆萌的猫咪抱在怀里，亲昵地和它玩耍，笑得天真无邪，像个小孩。她卸下工作中的强韧，带着粉嫩的少女心，真实地出现在大众眼前。

她说："现在的女人，其实都非常独立，无论是刚刚成年，还是人到中年，甚至是老年。我希望可以让所有的女孩、女人和长辈们，都拥有最初的女孩的精神。不能丢失她，她的纯真，她的勇敢。"

不放弃初心，懂得坚持的意义。没有人能够预知生命将会经历什么，苦与乐，多数时候，我们没得选。

2

我欣赏拥有文艺气质的女生——江一燕。

很多人都知道，她是一名演员，但极少有人了解，她同时是教师、写作者、摄影爱好者。

她喜欢把时间和精力投注到自己热爱和喜欢的事情上。她会遵从内心，跟随自己的脚步。她独自旅行，拍摄一路的人情和风景。九年里，她坚持每年抽出一段时间到环境艰苦、甚至恶劣到随时会有泥石流危险的山区支教。

支教，不是说走就走的旅行，也不是一年一度的"学习雷锋日"。她尽自己所能，周全学生们的心。

她说，她不想看到一个个幼小的女孩在大山里，把自己的人生一眼看到头。更不愿看到孩子们的泪水，浸染与父母的离别。她说这些的时候，眼神坚定且柔软，那是来自一个女子内心深处的声音。

她带给大山里的孩子们一个未知的世界。通过她，孩子们知道了摄影，知道了吉他，知道了外面的世界很精彩。她成了学生们心中最美、最可亲可敬的小江老师。

她们不惧世俗的浮躁，不追名逐利，不费尽周折美化自己的模样，却宁可花更多的时间，来涵养才情，源源不断地培养优雅和安宁的气质。

在我身边，有很多这样自带光芒的姑娘。

3

我的同学 Lena，就是其中之一。

大学毕业后，她只身一人来北京闯荡。背包里装着除了她认为并不出色的大学毕业证，剩下的就是无畏的勇气和梦想。最早的时候，她在一家公司做策划，工作认真努力，待人诚恳友善。加班加点，苦活累活更是不在话下。

工作的同时，她没有停止为自己增光添彩，为创业梦点灯铺路。她安排休息时间学习，约见客户，参加创业讲座，扩大人脉，扩充学识，扩展眼界。

问她累不累，她说："累。可是我的能力也在快速提升。"

Lena 一直走在成长的路上，走得既稳又快。去年得知她成立了自己的小公司，我竟莫名地感动。这一切的实现，不过短短两三年的时间。

今年夏天，她带公司员工去韩国度假。几个年轻人笑得干净爽朗，她调侃自己不像老板，这就是她的聪明之处。她既聪明，又懂得收敛，敏感却不矫情，专注梦想，又付诸行动，每一步都走得很踏实。

一路走来，她迎着无数的困惑和畏缩、质疑和否定，一直在坚持，在证明自己。"成长"二字用在她身上，再合适不过。她强大的学习能力和为人处世的妥帖与智慧，让她离那个美好的自己，越来越近。

无畏的勇气，让理想走得更远。未来的路很长，很远，不只是眼前这一片风景。这里不足以安放一颗追寻理想，敢于行动的心。

4

生活中的雨文，温柔如水。工作中，强势干练，雷厉风行。她从小对数字敏感，高考数学满分。毕业后进入一家上市公司，后来升任研发部高管。事业上，她在自己擅长的领域，做得游刃有余。

曾经有一段时间，因升职加薪等多方面压力，生活中的她变得很强势。我能理解，她需要在多重角色间自如切换，实为不易。那段时日，雨文被我们调侃，提前进入"更年期"。其实，她有很多难言的无助和无奈。

走过"更年期"的女人，更深刻地体会到，她为了自己一步一步回归小女人，做了多少努力。

她始终没有忘记儿时的梦想——成为一名服装设计师。她通过自己一点一滴的努力，创立了个人品牌。自己设计，自己做品牌的模特。

小女生情怀和一个干练的职场形象，从来就不矛盾。职场里雷厉风行，有着强大内心的女人，回到家一样可以对爱人撒娇耍赖。

女人生来的那份柔软，是丰富性格、丰盈人生的专属品。

5

作为一名自由职业者，日子随性而充实。教书时全情投入，写作时废寝忘食，主播时自娱自乐，行走时展读大地。教书是责任，写作是用心衡量自己的路。处理好某一阶段的事务后，我时常突发奇想，然后，毫无征兆地背上包，开始一段说走就走的旅行。

安迪·安德鲁斯在《上得天堂，下得地狱》一书中写道："没有旅行的生活，只能称之为生存。一生中至少要有两次冲动，一次为奋不顾身的爱情，一次为说走就走的旅行。"

一个人背包，去陌生的城市，游走在不熟悉的街道，搭乘古老的有轨电车，漫步在海边，吃当地的特色小吃，从自己喜欢的视角记录风景。透过古色古韵的白墙黑瓦，感受小桥流水泼墨般诗画浓郁的小城，惊叹它别具一格的魅力。

"眼界决定心界，心界决定境界。"游山玩水和潜心写作相辅相成，开阔视野，涤荡心灵，幻化成流淌温情与大气的文字，给人聊以舒心的温暖。沉淀中，签约了第一本书，于我而言，是一件极美的事。

这种能量，大概与去过许多地，遇过许多人，经过许多事，读过许多书，见过许多景，密不可分。

6

其实，每一个姑娘都是柔软可塑的。不管外表看上去多么独立坚强，多么自信勇敢，始终心怀一颗小女生情怀。这种心态，让人的纯真、可爱、敏感、脆弱、清澈、迷人等本性释放，甚至为之冻龄。

行走在大千世界，不人云亦云地在大众的视线里，活成别人期待的模样。做自己热爱的事情，享受来自内心的笃定和坚持，认真过每一天，内心丰盈多彩。

这一路，虽然走得慢，却带着自己的光芒，有自己的步调和节奏。

我们的故事：最初不相识，最后不相见

"希望你有高跟鞋，也有跑鞋，喝茶也喝酒。希望你有勇敢的朋友，有牛逼的对手。愿你对过往的一切情深意重，但从不回头。希望你对想要的未来抵死执着，但当下却无急迫神色。希望你特别美，特别勇敢，特别温柔，也特别狠。"

1

弓长雨山："我和她认识四年，爱了两年。曾经以为，我们会相守到老，会一直陪在彼此的身边。我用了一年的时间，挽留这段在对方眼中已然分文不值的感情。可如今，我依旧孑然一身，伤得彻底。我无数次告诉自己，忘了她。我不知道什么时候能做到。只是希望，心，别再那么痛。"

我：错过了，就回不去了。有时候，忘记一个人，开始新的生活，并没有那么难。把这些交给时间，你只顾往前走，过往不回头。前面有一个女孩在等你。希望你以后的日子，过好当下的生活。相信你，可以做到。

2

文刀:"在十四亿分之一的概率中,我和他相遇了。可是,十个月后,我们回到了当初没有相识的状态。现在的他,应该过得很好吧?我也是。有些人,有些事的出现,注定要在心里刻上一道深深的印记。他转身离开以后,我再也不用分心去挂念他有没有按时吃饭,再也不用督促他,记得定期给家人打电话报平安,再也不用在为数不多的休息时间,陪他到处跑业务,再也不用去想,他在做什么……我独自一个人,去过我们说好一起去的城市,走过说好要一起走的路。"

我:也许你还能从朋友口中得知他的近况,还能在朋友圈、微博上看到他的消息,然后莫名地情绪低落,流泪到一败涂地,却看不到一点希望。你能做的,试着忘记,转移注意力。不要紧握你们过去的交集不放手。我为你独自迈出的一步,鼓掌。

3

木木爽:"从分手到今天,整整一年。我们的爱,很平淡,没有浪漫,在我看来,亲情的成分超越了爱情。很多时候,我把更多的时间和精力放到工作上,照顾不到她的情绪。因此,她感受不到被爱,被呵护。她错以为,她对我来说可有可无。无休止的争端,耗尽了我们彼此最后的余力,和平分手。我还是习惯去我们曾经一起吃饭的小店,走我们一起走过的街道。至今,我们仍住在同一个小区,相距不到百米,却再也没有联系,再也没见过彼此。"

我:你会成为更好的你。她,也正走在成为更好的自己的路上。

之前听过一个故事，说的是两个人缘分尽了，即使在同一座城市，也无缘相见。原来，比这令人难过的，是"住在同一个小区，相距不到百米，却再也没有联系，再也没有见过彼此"。生命中，多了一个熟悉的陌生人。或许，在未来的某一天，已经释然的两个人，相遇在街角，只是淡淡一笑，说一句：好久不见。

4

木子女臣："公子，半年前开始看你的文章，我现在二十岁，读大三。高中时，我非常认真地喜欢过一个女生，她成绩很好，笑容很甜。可是，她因为我成绩不好，拒绝了我。我是体育特长生，文化课一般，但我却考进了一所比她好很多的大学。这也许就是命运的安排。现在的我，在努力变优秀。我相信，未来我会遇到一个女孩，我们牵着彼此的手不放开，一起看日出日落。希望她早点出现。"

我：只有让自己变得更好，才有信心，有勇气去追求更好的人。我也希望，你能像你写的，向前走，做最好的自己。你也要相信，那个女孩，会在不久的将来，出现在你的面前。希望你们相遇时，阳光正好，共同开启美好的生活。

5

Emy："我和他是同事。从相识到分分合合，有三年光景。在一起两年，差一点一辈子。即使多次擦肩而过，我们的距离不足一米，都没再说过一句话。哪怕是相视一笑，哪怕是点一下头。想起曾经相拥取暖，想起他说过不论发生什么，他都不会丢下我不管，想起那些一起并肩奋斗的日子，我的眼泪，总是止不住地往下掉。我们就这样，变成最熟悉的陌生人。希望他好，尽管如此受伤害，可毕竟深爱过。希望他不好，因为再也没有像我一样的女孩，那么深爱他。唯愿以后，我们忘掉所有的争吵，忘掉所有的怨恨，留下的都是微笑，都是那些美好的回忆。"

我：有的时候，人就是这么矛盾，毕竟那是爱过的人，对于他，总是有特殊的情感，希望你过得好，也希望你过得不如我和你在一起时那么好。这或许代表你还没有彻底放下他。所以，才会既有爱，又有不甘心。随他去吧，时间会给你答案。现在的你，照顾好自己。

6

蓝馨："小欣，此刻我躺在床上，看着朋友圈，莫名地难过。过去那么久了，我没再主动联系过他，他也没联系我。可我终究还是放不下，忘不掉。每天只要闲下来，就会无数次不争气地看着他的头像发呆。一次次编辑好的文字，却没有勇气发出去。想要问个明白，到底为什么会变成今天这样？即使心中早有答案，可我还是不甘心。"

我："我和你断了联系，不代表我不想你。我还爱你，但我不会再联系你。"这段没有结局的感情，已成往事。告诫自己，不再联系，没什么原因，别再傻傻地执迷过往。你们都要赶往各自的路。很多时候，我们的不甘心，只是为了祭奠曾经在爱中的自己。不打扰，是留给自己最好的尊严。

7

文武："分开快一年了，我也习惯了一个人的日子。只是夜深人静，再也没有人会和我说晚安，心里空落落的。很难入眠，强迫自己闭上眼睛，可还是会不知不觉地拿起手机，翻阅微信，刷新朋友圈。多么期待他的消息会突然地出现。我知道，现在的他依旧会说晚安，只是对象，不再是我。"

我：一个人竭尽全力想要抹掉曾经的痕迹，另一个人傻傻地珍藏过往的美好。既然说了再见，就不再念。有些人，注定要错过。把错过的人，安放在回忆中。用不了多久，会有人牵起你的手，托起你的幸福。

8

影子："二十九岁，嫁给了相恋三年的人。日子过得没有我想象中好，也没有那么糟。成长就是，哪怕你遇到了感觉过不去的坎儿，难过到心痛，可第二天依旧会照常去上班。不会有人知道你发生了什么，也没有人真正在意你正经历着什么。人的坚强和能量，超乎我们的想象。我能咬牙坚持，扛住一切艰难，走得很远很远；也能被不经意间的一句话，一个拥抱，一段故事，感动得泪流满面。生活就是由一切顺心和不顺心拼凑起来的。日子还很长，希望自己多一点耐心，多一些好运。也愿你遇见对的人，像你写的，嫁给爱情。"

我：一边失去，一边在寻找。生活充满了酸甜苦辣，总会经历很多悲欢离合。我们也希望，在脆弱的时候，能够有个肩膀可以依靠。但更多的时候，需要我们独自前行，面对生活带给我们的一切，好的坏的。我相信，好运会降临，做好接收的准备吧！

9

小六："我和他从小在一个胡同长大。从相识到恋爱，分分合合八年多。我们无数次幻想，一起携手白头。后来因为一些事情，我们吵得天翻地覆。两家人闹得老死不相往来。

"想起我们牵手旅行，走过那么多城市，那么多路；想起他说，不论发生什么，都不会丢下我不管；想起我深夜胃痛，他从城南骑车10公里赶到我家，背起我就往楼下跑；想起那些一起并肩奋斗的日子……我的眼泪，就会不争气地流下来。

"如今，他离开北京，回了杭州，留下我一个人。我们曾经一起听《一个人的北京》，从今以后，只剩我一个人在北京。"

我："许多人来来去去，相聚又别离。也有人喝醉，哭泣，在一个人的北京。"有时候，人就是这么矛盾，毕竟那是爱过的人，对于他，有特殊的情感。还是祝福他，也解放你自己。收起遗憾和不甘，成全现在。希望你好，祝福你。

10

Lemon："在大理的时候，翻出和她之前的照片，回忆起很多美好的画面。当初放弃，觉得不会后悔，可事实并非如此。后来我找到她，为了弥补我对她的亏欠，做什么我都愿意。我愿意等，等多久都行。如果到最后，还是没结果，我也能接受，至少我努力过。

"这件事，我和我妈说了。我想去找她，想带她回家，想和她一起生活，给她做好吃的，和她一起看电影，看她喜欢而我却害怕的惊悚片，和她一起旅行、一起成长、一起经历、一起玩闹，然后，一起老去……

"这个月初，我一个人来到她工作的城市，离她好近。每次一个人走在街头，看着陌生的一切，会感到很孤独。但是，一想到有可能会遇到她，便觉得，这些都不算什么，反而会有一点小激动！我在她的附近找了一份工作，定下来以后才发现，我住的地方，距离她只有几百米远，这对我来说，简直就是惊喜。我想见她，那个让我牵肠挂肚的女生。她说忙，我怕她会烦，只好等。

"我在一家社区医院工作，做临床医学。现在在康复科（按摩保健），零基础。前几天，家乡那边打电话说，有一个不错的工作，我拒绝了……她不知道的事情还有很多。可是，我好像看到了一点希望。这个月底，她上白班。为了庆祝她考到证，想请她吃大餐。

"有时我也会想，自己会不会太冲动了，是不是坚持错了。可是，一想到能陪在她身边，就觉得很幸福。我现在的态度是，不纠缠，不勉强，对她好，我会等。希望我说的这些，她会看到，感受到。"

我：希望她能看到这篇文章，接收到你的表白。为爱执着没有对错，不过分执拗就好，为你的勇气点赞。如果你们有缘分，能再次走到一起，我希望你，这一次，不要再轻易放弃。用心经营关系，维护感情。

　　每个人的心里，或许都有关于某个人的独家记忆。生怕安静下来，心底波涛汹涌。我们说好在一起，也说好要忘记。不必刻意忘记。就这样，一路用力爱，一路假装遗忘。

一霎风雨，敬你余生安好

较之于非凡，我更愿意记录平凡的小人物，他们遍布每一处角落，看似微不足道，但理应被厚待。

1

昨天下了一整天的雨。傍晚时分，我家楼下不远处，发生了一件温暖平凡的小事。

道路中央有一堆占地不小的混凝土料，路面泥泞不平，车轮极易打滑。天降大雨，在昏暗路灯的映衬下，雾气蒙蒙。一个骑摩托车的行人，摔倒在泥泞中，膝盖受伤，手腕磨损。在狂风大雨中，无助地支撑着身体，试图爬起。

一个蹬三轮车的老人正好路过。他在雨中停车，把摔伤的行人从泥泞中扶到马路边。然后，他从三轮车上拿出两把破旧的椅子，立在混凝土料旁，站在大雨中，当起了临时交通指挥员。雨猛风大，他顾不上撑伞，浑身湿透。路过的行人中，一位阿姨走上前，举起手中的伞，给这个临时"浇警"挡雨。看着这一幕，心生温暖。

2

在东直门地铁C出口台阶处，总会看到一个没有双臂的年轻人，坐在台阶的缓台处，用右脚钩住毛笔，专注地作画。

他的画作线条流畅，运笔时快时慢。时而是色调幽暗的江南水乡，时而是古典清丽的山间景致，时而是惟妙惟肖的各种生物……他的水墨画，呈现了一种纤毫毕现的美。我常常被他那肌理感十足的画作吸引，驻足欣赏。

他数年如一日，坐在安静的一隅，一幅一幅地画着。仿佛置身于深山幽谷，不闻来来往往嘈杂的行人。

炎热的夏日，正午时分，火辣辣的太阳炙烤万物。正是最热的时候，他无处藏身。顶着烈日，汗水浸透背心，他依旧埋头作画。

好多次想走上前帮他搬到阴凉处，可看到他全神贯注的样子，又不忍打扰。

3

盛夏的午后，在交通枢纽车站对面，还有一位熟悉的身影，蹲在树下卖苹果。

有时他佝偻着身子，倚靠着树干。有时他会起身拾掇，把袋子里的苹果分堆摆在地上。

知了有气无力地叫着，树影稀疏，映下斑驳的光。"烈日炎炎似火烧"，行人匆匆，无暇光顾那堆毫无颜值，个头不大，又不起眼的苹果。那些苹果，或许承载的是老人为数不多的日常开销。也可能是为了补给家里起居饮食的用度。

我和同事说起过老人，却很少有人注意到他。

我不知道老人的生意如何，每次经过，他面前的苹果总是不多不少，分成三堆。

4

冬天持续的低温，夹杂着凛冽刺骨的风，那段日子最难过。

彼时，出行需要莫大的勇气。我将自己包裹严实，避免皮肤跟肆虐的西北风有丝毫接触，试探着迈进寒流。

周末的午后，咆哮的 5 级西北大风，扫空了整条街道。

路边车站旁，坐着一位衣着单薄的老人。他把脖子缩在棉袄的衣领中，埋下头认真地修着手中的鞋。我不禁打了个冷战。

他身旁零落地摆放着几个马扎，一个装着工具的木箱，一台陈旧的轧鞋机。我走近，老师傅抬头看向我。可能是风太猛，他的眼角有润湿的泪痕。那张布满褶皱，形容枯槁的脸，迎着风，艰难地露出微笑，说道："姑娘，修鞋？"

我也冲他笑笑，示意他不急，先忙手里的活。

老人年过六旬。沟壑纵横的粗糙老茧，爬满遍布岁月痕迹的双手，不得不暴露在严寒里。他正是靠这双冻得弯曲不得的手，维持生计。这大概是宋濂笔下"砚冰坚，手指不可屈伸"的情景。

"师傅，有的修鞋师傅，会弄一个简易的带车轮的小屋。这么冷的天，您多遭罪啊，怎么没弄一个？"

他看了看我，沉吟片刻，说："那需要钱……"

他把手中磨偏了的鞋跟，一点点打平，严丝合缝地粘上了新的底，再将边角处精细地摩擦，最后涂上鞋油，焕然一新。

寒风呼啸，我打了个冷战，紧了紧围巾。眼前这位单薄的老人，卖力生活的样子，让我想起柳宗元笔下"独钓寒江雪"的老渔翁。不免心中酸涩，却心生敬意。

我们足够幸运，可以在空调房，品着茶，谈笑间，做着事。

可是，却有这样一个群体，他们的工作环境在户外。他们拿着微薄的薪水，奔走在最平凡，最基层的岗位上，辛苦地消耗着体力。

当我们的外卖迟到了，快递晚到了一天半天，不要责备，不要谩骂，快递师傅没有偷懒，他正在马不停蹄地将东西送往我们的手中。师傅在寒流中奔波，在烈日下奔走，实为不易。为了生活，请多理解。

嚼过的口香糖，用纸巾包起来再丢；不向车窗外扔东西；开车遇到他们，多一点耐心，减速缓行；天寒地冻，多希望街边的商铺大堂也能有他们的避寒之地，让他们不再就着冷风，吃着冰冷的三餐。

他们是平凡朴实的人，做着简单平凡的事，为了生活，拥有不平凡的力量。

不取悦任何人，我只讨好自己

取悦别人，不如讨好自己。会讨好自己的人，才是聪明人。

1

昨天和好友聊天，她和我讲了最近发生的一件事。认识三年半的朋友，把她拉黑了。原因是，对一件事情的态度，对方无法接受她有别于平时不急不缓的表达方式。她说，这只是你一言我一语的对话，交流中没带个人的感情色彩。而对方在观点产生分歧时，突然转身离去，让她不知所措。

当晚，朋友试图用微信和对方联系，以消除误会。岂料收到系统提示："对方开启好友验证，请先加为好友"。QQ、微博，所有共有的社交媒体，无一幸免，都进了黑名单。我劝慰她，此事，不足挂心。

认识三年多，你们是无话不谈的好友吗？你们的共同语言有多少，知晓彼此的喜好吗？据我所知，你们聊天时，多数时候是你开导她、鼓励她，为她排忧，帮她解决疑难问题；平日你们为数不多的网络交流，她的话题除了迫切焦虑地要找对象，还传递给你什么？

她对工作不满，抱怨领导、怒斥同事的时候，有多少次，你无力地安慰着，却深知，其实是她想太多，太敏感，太较真？

你们每次会面，除了聊天，吃饭，事实上，真正的交流并不多。每次聚会，没有带给你丝毫快乐，没有如沐春风的启发，没有相见恨晚的感觉……百忙之中，维系一段无效的人际关系，不仅耗时伤神，最终还落得如此收尾。这件事的发生，是好事。

有一种人，习惯了活在自己狭隘的空间里，致命的代入感，成了他揣度别人无心言论的工具，这种妄断，定了你的"死期"。他不懂你的真挚和公正，你与他的坦诚相见，在他看来，不值一文。

2

我有一朋友，有能力有想法。前年自己买了房。此前，她曾看过房，在家人的打压下，买房计划搁浅。大家认为，没必要刚工作不久，就套上房贷的枷锁。大半年后，她无意间逛楼盘，动了心。和男朋友商议，无果。她知道，和家人商量，结果还会和上次一样。于是自己做主，交了定金。

男朋友得知后，夸她决断、能干，觉得特有面子。两个人年纪轻轻，各执一套房产，羡煞旁人。

可是，第二天，她男友便不再是昨日的态度。他开始埋怨，指责她最终没听他的，一意孤行，买了房。她男友的同学一面夸她，一面玩笑地说，这个未来的女强人，他 Hold 不住。

男生的妈妈对朋友说，她理解儿子。她认为，她没有重视她儿子的意见，自己擅自做主买房，作为男人，这道坎儿，心里很难过去；另一方面，买房要还贷，必然会影响两个人的生活质量。而男生承压能力有限，感到难以接受。她男朋友曾试图让她退掉，或放弃定金。

朋友觉得男友太消极，只看到眼前的困难，却不相信她的能力，不相信只要两个人同心，日子会越过越好。

他们的关系逐渐进入白热化。后来，分道扬镳。朋友现在除了自己还贷，每月还有固定的存款，生活过得自由惬意，令人羡慕。如今房子升值了，她计划摇号买车，或者换个大房子。

有一种人，他从来不知道，他眼中所谓的困难，在敢用真金白银证明自己观点的女人面前，不值一提。这样怯懦拖后腿的人，怎配与你携手前行？

3

前些天，一位读者给我留言。她在外企做人力资源。毕业初期，我也曾做过两年HR。我深知人事工作的烦琐与不易，尤其在大企业。费力不讨好，有时候，要承受老板和同事的夹板气。

她说，技术部有个姑娘，平时接触不多，偶尔加班。姑娘经常迟到，或者无故旷工。她在公司的考勤记录，七零八落。她依照考勤制度扣除其未准时到岗的相应工资。

姑娘得知此事，大闹公司人事部，歇斯底里，对她谩骂诅咒，语言污秽，不堪入耳。当天下班途中，她被对方找来的人强行拖拽、威胁，险些受了伤。

如果加班有相关制度说明，可以协调次日上班时间，你只需出示经领导审批后的加班申请单，然后，便可以大大方方地折现上班时间。如果没有证明，你也确实违反了公司的规定，就接受惩罚。

你将制度的约束抛在一边，既享受了本该劳动的上班时间，又打击报复，辱骂无辜，威胁讨要本不属于你的报酬，公司可不是你家开的，惯着你一人。

有一种人，他不懂无规矩不成方圆的道理。他的素养不过关，格局不及格。对待这种人，除了嗤之一笑，拿起制度与之对话。必要的时候，可以寻求法律的支援。

4

过大的学习压力，被否定与成绩双重裹挟，了无趣味的校园生活，缺乏对压力处理的教育，由此出现了自残、自虐、轻生的事件。

情感的失利、背叛，来自工作、生活的多重压力，看到的只有无比黑暗的世界，丧失生活的勇气，甚至不顾亲人的感受，不惜伤害自己，了结余生。

苦苦追求金钱、地位、功名利禄等身外之物，为此终日机关算尽，郁郁寡欢，甚至触犯法律，不惜付出惨痛的代价。

连死都不怕的人，却走不出生活带给他的一时困境。他缺失辨知的能力，也从没有人教过他。其实，生活有太多比成绩、功名、金钱更重要的东西。生命的意义和价值，远不止于此。

那些年，青春的回忆

> 我想回到多年前，看看那个穿着校服，扎着马尾，坐在书桌前写故事的女孩。

每个同学在班里座位的位置，多是他在班级的排位。

刚入校的时候，按身高排座次。

最早的时候，我坐在"学霸区"（班级前三排）。

有一天晚自习，我突然发现，黑板上的粉笔字模糊不清。我不想配戴眼镜，央求老爸向班主任申请调座位。然后，就被调到了"学霸区"。

后来，在第二排看黑板依旧吃力，老师就把我调到了第一排。

关于这个区域的记忆，除了各位任课老师横飞的唾沫，永远挥之不去的粉笔灰，再有就是，记不完的笔记和越来越模糊的视力。

戴上眼镜的我，主动申请重回"放空一切区"（班级的中间位置）。

关于这段时光的记忆，英语六校联考，排名第一。得到了既年轻又漂亮的英语老师的重视，上课总叫我起来回答问题。当时学校内部编订的英语辅导材料，黄色的封皮，又厚又大，纸质粗糙。我那个难听的外号，由此得来。

英语老师的作业，多数来自这本黄皮书，我会保质保量完成。然后被"高级娱乐VIP区"（班级最后两排）拿去抄。久而久之，大家习惯了喊我"黄皮儿"。

学校很有前瞻性。高一入学没多久，分文理。我毫无悬念地选择了文科。

因此，我的高中课程里，没有生物这门学科，甚至连教科书都没发，现在想来。真是少学了不少知识。

那时候我的梦想是当一名作家。

所以那些我并不感冒的物理、化学课，顺理成章地成了我的"写作课"，先后写了四部中长篇小说。也因此，经常被刚毕业的物理老师提问，回答不出来那些奇怪的问题，借由不认真听讲而罚站。低声通报答案的同学要是被发现，会连带一同挨罚。

年轻的物理老师说过，她很好奇，这个戴眼镜的女同学，有时候一节课不抬头，奋笔疾书，有时候托着下巴，苦思冥想，有时候和前面的同学交头接耳，偶尔和VIP区传个纸条。

我也发现，从不影响课堂纪律的我，被点名，罚站的频率高于其他同学。从小练就了一副厚脸皮，不在意，倒也自得其乐。

参加过新概念作文大赛，也给专栏投过稿，发表过一些青涩稚嫩的文字。

我的小说，除了班级里固定的读者群体，在年级也有忠实的粉丝。我写小说的本子，用的是我妈妈学校发的教案。在小说里，我会模仿几米的画，兴致盎然地画上几幅插图。后面留几页空白，最喜欢的还是大家给我的留言和点评。总是看了又看。

只是遗憾，那些手稿，几年前家里拆迁，都送进了废品回收站。一如一去不返的青春，头也不回。

收到"VIP区"同学的表白。由于高三分班，我以 0.5 分之差，与火箭班擦肩。一心不可二用的我，将初恋的萌芽扼杀在摇篮里。

后来，还是进了火箭班，坐到了班级"高级娱乐 VIP 区"，最后一排最右边的角落。当时为数不多的几个好朋友，都混迹于这一区域。他们可都是名副其实的学神、学霸。每天欢乐不断。

我喜欢听歌，MP3 不离身。得利于"优越"的位置，我左耳时常塞着耳机。即便伏案，也能第一时间察觉到班主任在后门偷窥的身影。当然，也难免有失误被抓典型的时候。

从家到学校，步行 10 分钟的路程。所以，每天习惯了提前 10 分钟出门。每次都是，我推开教室门的瞬间，上课铃声准会响起。就这样，我又多了一个名字——刘踩铃（彩玲）。虽然土气了点，还是比"黄皮儿"好听。

每天两点一线，浸泡在题海中。什么"徜徉书海""遨游在知识的海洋"，那画面太美好，不真实。

有人上课偷看闲书；有人在班级簿上记录心情；有人上课练字；有人认真做笔记；有人积极地回答老师的问题；有人习惯搞小动作，转笔，笔却不听使唤，总往地上掉。惹来绝对领域之讲台上的老师严格禁止。

我最头疼的科目，非数学莫属。上课听讲，下课不会。

就这样，高中三年的数学，貌似都没及格过。这或许是遗传了父母的优良基因，语文学得最好。

玉霞麻辣烫，是太多人的回忆。高中时我最爱吃的，就是她家的麻辣烫。尤其冬天，晚上放学就去拥挤的门店排位等座。狭窄的小屋，拥挤的桌椅，食香氤氲。满满一大碗，如今，再也不是那个味道。饭后去学校旁边的书店看书。直到快上晚自习，才依依不舍地合上书。

时间那么快，考前填报志愿。都没弄明白怎么回事，就把自己关在房间，用了两天的时间，完成了学校和专业的梯度选择。一笔一画地填好了志愿表。

教地理的班主任给班级同学挨个把关。她扫了一眼我的志愿表，为了升学率，吝啬地送我俩字：重报！我拿回我的志愿表。坚持原来的选择，没做任何改动。后来我也为之庆幸。毕业后返校看望各科老师，可惜她没在。

高考那天，妈妈请假在家。我坚持没有让她送我下楼。她站在楼上，看我背着书包从路口的拐角走出，高高的马尾随着步子一扬一甩，暗暗地为我加油。

与好朋友在本校的同一考场。他英语不好，我数学不好。考试的座位在我认为最有安全感的第三列 VIP 区。

我记得有一科考完，我和他一同从考场走出来。忘记了是否提前交卷，走出教学楼时，操场上只有我们两个人。和煦的阳光洒下来，拉长了我们的身影。考场外焦急等待的家长已人山人海。我耳朵里戴着耳机，听着歌，朝家走去。

那时即将与高中三年作别，并没有什么感受。只是在某一瞬间，突然觉得，校服那么好看。每天能走在校园里，多么幸福。

如果让你重选座次，你会如何选择？

你会不会认真听讲，要不要做笔记？

你会心不在焉地转笔，偷吃东西，还是传纸条？

你会谈恋爱，与老师为敌，还是会看小说，捣乱课堂纪律？

我想，还是要有自己最拿手的。

后来，我与高中时的自己相遇。她坐在教室"VIP区"的座椅上。

她问我：现在的你，最想对学生时代的自己，说些什么？

我沉默。

我想，如果时光让我们相遇，我会对她说：嗨，丫头。现在是你最好的时光。

去见想见的人，做想做的事吧！不要盼望长大。不要急着离开，那个温暖的家。以后，你会遇到很多事情，逼着你成长。而你现在，就珍惜最美好的时光和年纪吧。

愿未来的你，喜欢现在的自己

　　那个时候的我眼里只有学习，放眼望去，觉得学校的男生都配不上我。学校、食堂两点一线，所有课外活动一律不参加，觉得那是浪费时间。一次偶然洗漱，碰到了他，对我说："我们好像在哪里见过，你家是黄崴的吗？""不是啊！"从此，他就这样悄悄地走进了我的青春、我的生命里。还记得第一次牵手吗？好紧张、好激动，内心扑通扑通地跳。一起学习、一起漫步在操场上，一起为了一个目标努力着……青涩的爱情，想想都是美美的、甜甜的，更是难以忘怀的。如果再让我遇到那个时候的我，我会对自己说：学习、爱情两不误，给你一个大大的赞！爱情是学习的催化剂。青春遇到的一切，都是美好！

　　　　　　　　　　　　　　　　　　　　　　　　@北京·颖霸王

　　有机会要多读书；让自己成为有个性的人，多关心一下自己的内心，想办法让自己成为一个自信的娃娃；不要太在乎别人的评价；去大胆地和自己喜欢的人交流谈话吧；尽情地参加学校各种活动吧，充实学生时代的生活；少年，要是能习得一手好字，能随意写出可以表达自己思想的华丽的文字该是有多好；让自己独立地去完成一些事情，做行动派；日记要保存好，千万不要丢了；数学还可以学得更好；如果当时我知道我会和我家小马结婚，那时就多利用利用他，让他帮我打饭、打水、洗衣服，多辅导辅导我功课，给我买好吃的……

@ 北京·顺儿

年轻的高中，青涩的回忆。苦苦的，淡淡的，酸酸的，甜甜的。时而期盼，时而慌乱。上学路上，总会美美地等待着偶遇；放学路上，希望还能再次相遇。我的高中，有他，而精彩。因为他，给了我六年的回忆！

@ 北京·柳楠

曾经，我努力，我拼搏，我比别人成长得快，我收获的也多。我很感谢我的逆境。未来，我希望陪着我儿子，当宠物一样，把他养大，从小教他口语，陪他成长，然后让他过苦日子，历练他，一直不告诉他家里有钱，装穷。然后我和他妈妈要趁着没老，赶紧游山玩水。等我们老了，就不想待在天津了。一定要换换地方。

@ 天津·欧巴

我想对她说：我很感谢她，让我如此健康地长大。谢谢她让我拥有一颗阳光的心，一个健康的身体。如果十年后的自己遇到了高中时代的我，我想告诉她，无论将来从事什么行业，掌握的知识都将是巨大的财富。还有，一定要把英语学好，这样就可以到处去旅行。

@ 北京·鑫

好好吃饭，你要长高点。青春只此一次，好好享受，不留遗憾。现在的我很好，做你该做的事，想你该想的人；不需拘泥，不需害怕。呈现最真实最乐观的自己，相信你是最棒的！

@北京·Karen

我会对那时候的自己说：大胆去做自己喜欢的事，大胆爱自己喜欢的人，大胆去自己喜欢的学校学自己喜欢的专业！青春只有一次，不要有那么多顾虑，任何时候开始做自己都不晚！

@河南·人与自然

真应该把班花拿下，分班的时候她说要和我同桌，我没答应。还有，不应该只读那么一点书。不然，到了大学，综合能力和交流能力会有影响。不过，重来一遍也不一定做得比以前好。没有遗憾的人生，不完美。

@深圳·强子

首先，先说说现在，高考压力大，竞争激烈；第二，展望大学美好生活，美好前途；第三，鸡血打起来，加油！加油！加油！

@武汉·可可

你要考大学，就给老娘坚持，不能考过一本线就是白玩；高中多交朋友，以后遇见真心相待的太少；不要恋爱，浪费青春；最后提醒，贷款借钱怎么都好，赶紧在北京买房，当时白菜价，过个几年翻番，就赚大发了！

@北京·蕉蕉

不必和别人比。遇到优秀的心仪的男生，可以谈场恋爱。做最好的自己，不必苛求。

@北京·纪老大

我想对年少时的自己说：所有的不公平，都是我成功路上的垫脚石。有一天，他会变成一个个幸运和机会，来主动拥抱你。感谢一切的不公平。

@山西·晋中苹果

认真学习，不给自己的青春留下遗憾。珍惜和同学在一起的时光，不必为一些事去计较。不和父母争吵，去理解他们。

@北京·然先生

不要胆小，要勇敢；不要自卑，要自信；不要按部就班，要精彩飞扬；不要斤斤计较，要胸纳百川。

@北京·小老虎

如果我可以遇到那个年纪的小双，我一定要告诉她，请爱自己多一点儿！请不要为了任何人，放弃自己学习的机会，即便那个人，是亲人。

@鑫对小双说

经过这么多年的社会阅历及增长的智慧，回想当年，最想对自己说：上课的时候不要走神，学习的时候静下心来，玩的时候放开了嗨。

@北京·艳丽

别玩了！学习吧！！！高考成绩出国都有用啊！别以为苦日子随着高考完了就完了，更累的日子还在后面呢。

@北京·子心

不要活在别人眼里，要尊重自己内心的选择！也许会更快乐。

@辽宁·小白

来来来，高中时的我，我教你怎么做，想知道高考题目吗？想知道明天的彩票出什么吗？

@勇

很多事情可以淡然面对，每个时间都坦然，但不要掉以轻心，做好选择，不再纠结。时间会给你一切。

@上海·柳漫

我跟我前男友在一次高中数学竞赛上遇到，高一快完的时候就搅和在一起了，然后，高考完一起去了北京，然后大学毕业他出国就分手了，七年，哈哈，分就分了。

@兰州·小主无聊

如果我能回到高三的教室，我会告诉自己再不去向暗恋过的女生表白，你注定独孤终身。

@西安·于声

年轻的我，思想单纯，虽然很多方面都不如现在好，可是过得很快乐，没有什么压力。懵懂无知的青春期，我挺想回到那个时候。

@苏州·祺莘

我会告诉当时的自己，你当时就是个书呆子，现在还是书呆子，年少时就要多出去玩儿，多玩儿，各种玩儿……

@北京·志在远方

高中是我们离真理最近的阶段。从时而交错，到渐行渐远，错过了最好的年龄。有些后悔，但重新来过，还会这么走。

@北京·洋

不要自卑，再勇敢些。你很好，请加油！

@上海·ElaineZ

继续浪，别停下，不然长大没得浪！

@深圳·小左

我会对自己说，不要相信任何人。

@蒙蒙小爷

知识是可以改变命运的，千万要听父母的话。

@黄山·秀儿

我会告诉自己：不要谈这段刻骨铭心的恋爱。

@山东·小污

勇敢地去做，从那里走出来，那里太小，不要再被他人束缚。

@北京·知足常乐

妹妹你大胆地往前走哇，莫要回头！

@北京·Fran_Lee

去玩去恋爱吧，别只知道学习。

@北京·弱水

你最希望10年后的自己成为什么样，那你就去努力。还有，多看书。

@北京·醉菩提

别着急，未来的你，一定是你期待的样子。

@北京·小北

珍惜学习的时间，那是人生最美丽的一段路程，好好学习吧，
多看看书吧！

@北京·宁儿

别谈恋爱了，害人害己浪费时间；也不要在恋爱中失去自我。

@成都·佳宝

好好念书，别多想妹子，争取考个更好的大学。

@上海·观潮者

曾经以为的遗憾，现在回过头来，想想那些算什么啊！

@上海·小白

能说的太多了，可能更多的是希望你：原谅我……

@青柠

偷过的懒，都会变成巴掌打回来。

@上海·33

如果可以回到高中时代，我一定会对我的老公说：咱们早点在一起吧！

@河南·小丹

克己者贵，善施者富。

@南京·丁飘飘

好好学习，考上北京的大学。

@北京·子睿

只想对那时的自己说两个字：好傻。

@北京·象风

愿你懵懂而幸福。

@辽宁·君lady

好好念书，考清华。

@上海·陈生

见想见的人，做爱做的事

罗丹说：所谓的大师就是这样的人，他们用自己的眼睛去看别人见过的东西，在别人司空见惯的东西上，能够发现美。

从什么时候开始，我们的生活变得复杂，充斥着无止尽的工作、琐碎的事务和高科技信息。

"越来越忙"占据了我们的大脑。"低头看手机"成为随处可见的"风景"。"停不下的脚步"是当前的生活状态。人们变得越来越忙。这些，我们习以为常了吗？

——下班了吗？

——还没。

——又加班？

——嗯。

——起风了，穿得多不多？

——还行。

——晚上想吃啥？妈给你做。

——再说吧，还不饿。

1

我时常问自己：

有多久没和家人面对面认真地聊过天？

有多久没和他们有说有笑地吃一顿饭？

有多久没和他们逛逛市场或超市，买些他们爱吃的蔬菜、水果？

有多久没和他们去商场挑一件喜欢的新衣？

有多久没和他们散散步，听他们唠唠身边发生的事情？

……

那天，我心血来潮，买了回家的票。

一张车票，串联起我对家人的思念，他们对我的牵挂。望着沿途陌生的风景，思绪万千。

一件行囊，打包了从始发地到终点站的喜悦和无奈，满载着从离家到归途的欢喜和惆怅，肩负着一路的改变和成长。

回家的票，无论多难买，回家的路，无论多劳顿，都阻挡不了独在异乡的游子，似箭的归心。

母亲正在厨房张罗一桌我最爱吃的饭菜。她的脸颊在昏黄的灯光的映衬下，满满的幸福。

围坐在餐桌前，我知道，他们准备了一肚子的话。我为公事所累，低着头，手指一边在手机和平板的触屏上来回滑动，一边应答着。

我将注意力集中在手中的方寸之间。偶尔把逐渐失去温度的饭菜送进口中。二老面面相觑，欲言又止。母亲心疼，还像对待小时候吃饭慢吞吞的我一样，一边嗔怪总是把饭吃凉，催我快吃，一边起身，拿去加热。

母亲晚上想和我聊聊天，我还有两篇文案要写，甲方邮件和方案要在零点前回复。

2

第二天，手机静音。

围在父母跟前，洗菜端碗。和他们有一搭没一搭地聊着天。身体的近况，上次给母亲买的保健品，按时吃了，失眠的问题有所改善，我很欣慰。她拿出新买的粉色系连衣裙，非要试穿给我看，给了我很大的惊喜。母亲年过六旬，身材保持得很好，梳起头发，裙子的腰身、裙摆、长度，完美地展现了她的身姿。听她说起，住在对门的王姨，搬到通州的女儿家了。王姨和母亲同龄，两个人很聊得来，晚饭后常一起在小区散步。母亲的言语中，透着不舍。

我教她用智能手机，微信的功能她使用得很熟练。平日里，我写的每一篇文章，她都会读，然后对我的某个话题保留意见。有问题的语句或标点符号，她会第一时间指出，要求我更正。她也会和我分享观点，日常所见的人和事。

和父亲下一盘棋，聊一聊时事。他分享给我一本最近正在看的书。欣赏他的文章，文笔了得。还有沉静身心时写的书法作品。小区里要给我介绍对象的保安叔叔，带着他未竟的热情，回老家了。

生活中的点滴琐事，记得他们说过的每一句。就像我无意间说过的一句话，都深深地印刻在他们心中一样。

不要活在网络的虚拟世界里。不要将朋友聚会置于首位，占据我们为数不多的几天假期。尽量把更多的时间分配给日夜期盼我们归来，青丝逐渐变白的父母。

当我们放下手中可有可无的应酬，参与到洗菜刷碗的日常生活中，看到他们笑弯的眉眼和印满岁月皱纹的面颊。我们不免感叹：时间，都去哪儿了？

常回家看看，不是形式上的"看看"。那些唤起潜藏在记忆深处的味道，那些在你成长路上，昼夜往复的陪伴，无休止的唠叨，让如今长大成人的我们与他们的每一次团聚，变得珍贵而有意义。

不管什么时候，我们对他们的陪伴，是不忘初心的温情回馈。"抱一抱父母，诉一诉辛苦，拍一拍灰尘，等一等安抚"，对他们而言，这大概就是最简单的幸福。

时至今日，我们仍在为梦想马不停蹄地努力着。我们希望"带着爸妈去外面的世界看一看"，希望"有足够的物质条件，给他们过上更好的生活"。

3

同事三页去年当了妈妈。孩子太小，没办法舟车劳顿，踏不上返乡路。

想到不能和老人团聚，老人失落的心情，她百感交集。她想吃母亲包的饺子，还有父亲的拿手菜。

年迈的父母，斑白了双鬓。他们惦记三页的一日三餐，理解她有了自己的家，孩子太小。放心不下他们，便一路颠簸，不远千里，来到闺女工作的城市。

白天三页上班，老人照看小孩，为了让她安心休息，保证第二天精力充沛，晚上孩子跟老人睡。

母亲心疼三页早起，把做好的饭菜装进饭盒，一份早饭，一份午饭。三页想起读高中的时候，母亲每天给她送饭的情形。

现在的我们，走南闯北，拥有了很多让我们分心的人和事。对于父母，心心念念的只有儿女。

曾经是他们在哪儿，家就在哪儿。如今是孩子在哪儿，家就在哪儿。无论多忙，都不要忘记，他们一直在家等你。

4

你的孩子对我说："妈妈好像不爱我，她最爱她的手机。我放学回家，不开灯的房间，唯一的光亮，来自她的手机和书桌上的笔记本电脑。她对手机爱不释手，似乎已经忘了我。"

是什么让你沉浸在网络世界不能自拔？

你的家庭，曾经是一个温暖的港湾，是你引以为傲的。如今，你好像忘了，幸福家庭应有的经营方式。

最好的爱是陪伴。别以为孩子小，她不懂。

走近她，问问她，今天学校里发生了哪些好玩的事情。学习新知识有没有遇到困难。听她兴高采烈地讲述老师对她的表扬。她给同学答疑，得到了大家的感谢。中午，她不小心，将同桌的午饭打落，她收拾好跌落的饭菜，拉起同桌的手，跑向食堂。期中考试，语文成绩不理想，肯定她的努力和进步，安慰她失落的心，和她一起分析原因。最近她得了好多表扬卡，为她骄傲，鼓励她再接再厉。

来自家人实实在在的关爱，是虚拟世界无法替代的。

5

有时候，约人见面吃个饭，面对面聊聊天，却成了难题。

和朋友聚会，也难免遭遇尴尬。你聊得兴致正浓，对方心不在焉，不时地摆弄手机。按亮，关闭，再按亮。后来再聚，大家一致建议不玩手机，那天的聚会，不亦乐乎。

从桎梏的方寸里走出，横向拓宽视野，纵向放远眼光，探寻生活中可触摸到的真实。

每次和不同的朋友聊天，会有不同的思考和认知。不同的人，会带给你不一样的思路和启发。

点赞，一根手指即可。而鼓掌，来自双手情不自禁的配合。这是在移动终端的你无法感知的。

走出来，去找寻现实生活的真实和美。科技虽然拉近了人与人之间的物理距离，但心与心的距离，需要"线下"的构建。

趁阳光正好，我们未老，去见想见的人，做爱做的事。

请像个爷们一样，认真告别

分手最好的心态莫过于：无论我们的关系走到哪一步，但愿我们之间始终保持坦诚。真的不爱了，没关系，那是你的自由，只要是真话，我都有能力承受。不让你错过追求真爱，会和平分手。既然一起拥有过甜蜜，就应该认真道别。

好朋友正在交往的男朋友突然失联，最后一次联系是在四天前。失联当天，他们约好，第二天中午一起吃饭，下午看电影，连电影票都买好了。当天下午，男生说，晚上和大客户吃饭，会喝点酒，提前和她报备。

朋友笑说，理解，尽量少酒少烟。男生和她说的最后一句话是：好好吃饭，放心吧。

然后，便音信全无。朋友当晚10点多给男生发信息，没有回复。不放心，而后打了一个电话，无人接听。她以为对方喝了酒，可能早早睡了。

第二天一早，男生的手机一会儿无人接听，一会儿呼叫转移，一会儿正在通话中。发微信也没有回复。朋友把事情告诉我，我拨打对方电话，同样无人接听。

朋友脑补了多个版本：会不会是酒后打架，被警方拘留，然后没收了手机；或者，酒后开车，发生了意外；难道是病了，不希望她担心；更奇葩的，客户酒后找小姐，他连同被抓……

她的每一种假设，都无法减少惴惴不安的担心。因为这件事，她辗转反侧，几乎一夜没睡。失联第三天，四点多，呼叫转移。七点，正在通话。七点一刻，无人接听，继而又在通话中。

朋友傻傻地认为，一定是出了什么事，对方手机被控制了。因为在他们交往的过程中，她实在想不出什么异常。她给男生发了长长的信息，写满了对男生的担心。她希望那边拿着手机，看到信息的人，能给予一丝一毫的回复。

朋友不知道男生的住址，只知道他发小的名字、工作单位，还有他父亲的工作单位。她想，与其在家里像无头苍蝇一样着急，不如去他父亲的单位碰碰运气。不管结果怎么样，这是她作为女朋友能做的努力。

那天，应情应景，天下着雨，风中夹杂着丝丝凉意。约好见面的地点，我陪她前往。我没抱什么希望，但又不忍心看着她干着急，不知所措的样子。

男生父亲的单位，由于假期，无人在岗。我们撑着伞，在雨中茫然。我无意用手机再次拨打了男生的电话。依旧无人接听。雨中，我们在楼前楼后漫无目的地走着。我的手机突然响了，定睛一看，是男生的号码。我递给朋友接听，对方一听是她的声音，二话没说，立刻挂断。

平日里坚强勇敢的姑娘，为了"消失的爱人"，做了她所能做的。她一脑子问号，满肚子委屈，瞬间喷薄而出，眼泪止也止不住。她不知道自己做错了什么，对方会以这种不清不楚不明不白的方式对她，连一句话都不愿意讲。朋友再次打过去，已被拉入黑名单。

就在失联的前一天，男生为了见她，和家人聚餐还没结束，就打车来见她。男生还说，要把她养得胖胖的。不仅每天督促她按时吃饭，还在她加班的时候，给她订好外卖。因为什么，男生突然玩失踪，也没有一个说法。

如果有苦衷，如果觉得不合适，完全可以说出来，可以理解。朋友懂事，不会纠缠。不管什么人，什么事，以这种方式潦草结束，让人难以接受。

这感觉于我，像吃了苍蝇一样恶心。人与人处理事情的方式和差距，参差不齐。如果把情况说清楚，女生不会为此提心吊胆，浪费时间去胡思乱想，浪费感情去自我折磨。

可是细想，这未尝不是一件好事。他能这么对你，也会这么对其他人。失恋这种小事谁都有过，早早地结束，放下，不在这样的人身上，耗费时间和精力。

类似这种让人摸不清头脑的分手方式，生活中不少见。有的还好，会循序渐进，有一个逐渐冷却的过程。有的则毫无预兆，戛然而止，让人费解，令人难受。

前几天，读者Y发信息说，异地恋的男朋友四个月没联系了。四个月以来，对方中断了所有的联系方式，换了工作，换了手机号码，微信不回复，偶尔更新一条朋友圈状态，连句交代都没有。

那些"消失的爱人"通常以男人居多，他们可能是为了保全某种莫名的自尊，不愿意面对自己无力掌控亲密关系的失败局面，不愿意让对方窥探到自己内心的软弱和退缩；或者是为了掩饰自己变心、出轨的事实，不想扮演"薄情者""负心汉"的角色，于是便有预谋地和恋人玩起了"捉迷藏"，上演一场神秘的"人间蒸发"。

据分手大数据统计，1984年以后出生的人，只有不到半数的人面对面说分手，30%的人选择"电话割爱"，23%的人选择网上 say goodbye。

有一类人，即使不想继续维系一段感情，也不会主动提分手，而是以各种明知对方难以接受，会引发矛盾的方式触碰对方的忍耐极限，等对方忍无可忍，提出分手，以此免遭骂名，逃避责任。

还有一类人，不愿意公开自己的恋情，因为生活中的诱惑太多，不想为任何人放弃一整片森林。甚至有的人多个备胎，数十条后路。可是，即便这样，还是有很多人，在用最简单的方式相信爱，他们相信，会遇到和自己一样的人。

"如果鞋子不舒服，不如换掉它，硬着头皮穿下去，只会流血。"这句分手宣言，虽然伤人，却是大实话。如若分手，请像个爷们一样，给这段感情画上一个句号。

陪伴是最长情的告白，厨房是最温情的存在

钱钟书先生在《吃饭》中写道：这个世界给人弄得混乱颠倒，到处是摩擦冲突，只有两件最和谐的事物总算是人造的：音乐和烹调。一碗好菜仿佛一支乐曲，也是一种一贯的多元，调和滋味，使相反的分子相成相济，变作可分而不可离的综合。

1

厨房，一个有温度的地方；吃饭，一件让人温暖的事情。

每一个互相喜欢的人，在一起吃饭，都是一件既自然，又幸福的事情，这并不局限于爱情。有一种喜欢，叫我想和你一起吃饭。有一种深沉的爱，让我愿意为你系上围裙，走进满是烟火气息的厨房，洗手煲羹汤，炒两道小菜。

厨房一缕烟火气，油盐柴米话生活，生活就是在锅碗瓢盆的碰撞中，奏出动听的交响曲。

爱做饭的人，是懂得生活的人。厨房和餐厅，便是一家人互相配合，交流情感的理想场所。

2

我妈十几岁的时候，承担起一家人的三餐。在那个物质生活匮乏的年代，没有富足营养的美食搭配，三餐果腹就是最基本的保障。

后来，她有了自己的家。爸妈都在公立学校上班，家务分摊，共同包揽一家人的饮食起居。周末休息，早饭后，计划午饭吃什么，傍晚开始准备晚饭的食材。

小时候，家离菜市场很远。记忆里，坐在爸爸二八自行车后座上，和他一起去菜市场，是很高兴的事情。也经常有小商贩推车来胡同里叫卖新鲜蔬果。人来人往，叫卖声不绝于耳，讨价还价，好不热闹。

我爸负责开灶掌勺，炒菜炖肉，收拾清理买来的鱼；我妈淘米、焖饭、择菜、洗菜。两人很默契，一会儿工夫，晚饭在锅碗瓢盆的叮叮当当中上桌了。

我在一旁，剥蒜，偷尝新出锅的菜。我负责摆放碗筷，清洗餐具。作为我爸忠实的美食品鉴者，我对他的厨艺赞不绝口。爸爸高兴起来，合不拢嘴，一面兴致盎然地介绍菜的做法，一面往我碗里夹肉。我的回馈通常很实在，吃尽饭碗里盛满爱的食物。

3

寒风凛冽的冬天，一家人在厨房为一餐火锅忙活，每个人都有自己的任务。洗菜切菜，制作调料，配好锅底。辣与不辣，热情与冷静之间，只需一块铁片隔开。

一家人守着一个火锅，围坐在雾气腾腾的温暖前。大火中汤底滚滚翻开，水花从锅中央向上沸起，热气袅袅。这一刻，是吃火锅的过程中最快乐的。各人抄起筷子，夹起自己最爱吃的菜，迫不及待地投入到热闹欢腾的锅里。稍等片刻，蔬菜在汤中变软，再左右涮涮，夹起来放进拌好的调料碗中，然后，入口大嚼。

这会儿餐桌上一般很安静，顾不上说话。吃过两三口之后，放下筷子，喝上一大口冰镇啤酒，或者北冰洋汽水，打开话匣子。肉丸在开水里"长大"，大快朵颐的同时，也会不约而同地互相添加调料。吃火锅可以催化感情，有一种满足的幸福感。

火锅这种奇特的美食，不仅带来美妙的味蕾体验，更是中国饮食文化的一部分。它象征着温暖和团圆。它可以把人隐藏在热气腾腾中，让人难以分辨你是黯然，还是喜悦。

4

工作以后，厌倦了日复一日的工作餐。裹挟着劳顿一日的身体，餐桌上食香氤氲，借着昏黄的灯光，绕过鼻尖，挑逗着疲惫的嗅觉和味觉。

离家时间久了，逐渐也备齐了柴米油盐、锅碗瓢盆。闲暇时，也偏爱逛逛超市，生鲜市场。就像俘获了一件件战利品一样的心情，挽起袖子，操起菜刀，搭配各色食材，把自己围于厨房的烟雾缭绕中。

原来生活在天南地北的食物，被掌勺的我经过清洗、切割、水焯、爆炒、清蒸、熬炖后，结了缘，促成了天造地设的才子佳人，因为彼此，更显得相得益彰。迫不及待与肠胃发生一场你侬我侬的温婉邂逅，便觉得由于我之前图省事，订餐叫外卖的懒惰，延误了它们多少次的"情多处，热如火"。

5

我妈常说：马不停蹄的日子，更要"努力加餐饭"。

加班回家，她正在厨房给我做宵夜。她的面庞在昏黄灯光的映衬下，让我得以心安。我妈把做好的一大碗热气腾腾的培根蔬菜面端到我面前，上面放了一切为二的鸡蛋。

我出差晚归，我妈在睡前熬了鸡汤。鸡肉洗好切块，焯掉血水，枸杞、香菇、虫草、山药、生姜、红枣等食材放入砂锅，熬煮变色，变软，咕嘟咕嘟泛起了白泡，清汤逐渐变成浓浓的白汤，厨房溢满了香气。

回家吃饭，重温深入骨髓的熟悉的味道。没人请，也不欠人情。不求于人，也不受制于人。无须奉承，也不必吹捧。不去劳心，也不为人所累。无论是粗茶淡饭，还是玉盘珍馐，那是在外面永远吃不到的家的味道。

"是谁来自山川湖海，却囿于昼夜、厨房与爱。"听起来，有一种经历了颠沛流离之后，围坐在一炉火前的心安和温暖。

疏离才是威严，"掌痕"才是爱

伊坂幸太郎："一想到为人父母居然不用经过考试，就觉得真是太可怕了。"

这幅漫画是 2016 年高考全国语文 I 卷作文题，寓意鲜明。无论基础如何，进步，会得到奖赏；退步，必遭受惩罚。

11 岁男孩小明，趁父母工作不在家，偷了家里的钱，买了小游戏机和零食。父亲得知此事后，狠揍了儿子，让他拿着写有"我偷大人的钱"的牌子当街示众。幸而被学校老师遇见，制止了家长的行为。

恨铁不成钢的父亲将年仅 11 岁的儿子狠揍了一顿，又罚他挂牌示众。尽管这位父亲的行为是出于教育，乃至教训孩子的目的，但是，对年仅 11 岁的孩子实行如此过激的责罚，导致的结果必定是伤害大于教育。

家长的体罚，责令其示众受辱的行为，根据《未成年人保护法》，已经侵犯了孩子的人格尊严。

孩子偷拿家里的钱，是孩子没有建立成熟的道德观前的自发行为，不能归为实质意义上的偷窃。不过，这种"不劳而获"，说得严重点，"为达目的不择手段"的行为，应引起重视。

此时，需要的是冷静、郑重、严肃却不严厉的教育方式，让孩子意识到问题的严重性。进而灌输和培养孩子面对现实的勇气，承担后果的责任心，这是给孩子树立是非观的最佳时机。

反之，以恐吓、威胁、冷漠、挖苦等表现的"冷暴力"的教育方式，会给孩子的身心和自尊心造成极大的伤害。

你的疏离不是威严，是孩童的阴影

亲子互动真人秀节目《爸爸去哪儿》第三季中，几位忙于工作的爸爸坦言，很少有时间陪伴孩子。

在分析几位爸爸的教育方式时，有人吐槽：其他爸爸是来录制《爸爸去哪儿》的，而木木爸貌似是在录制《变形记》。在"保卫冰激凌"的任务中失败后，木木爸怒斥儿子，扔下一句"你好好想想"便掉头离去；在"泥潭大作战"中，儿子不敢下泥潭，木木爸硬是把他拖了下去；木木爸误会儿子把QQ星装进包里，说他贪小便宜。

节目中，他总是习惯拿自己的孩子和别人家的孩子作比较：别人家的孩子能保卫冰淇淋，勇敢地挑战自己，吃饭迅速，在规定的时间内吃完更多的西瓜……你怎么就做不到？

不过，木木爸也有值得肯定的地方，就是"吾日三省吾身"。他时常反思、总结，主动和孩子沟通，承认错误。虽然常犯错，常束手无策，但他没有停止学习如何做一个好爸爸。

古月对儿子的教育方式很"男子汉"。他在儿子面前，总是呈现出一种高冷的姿态。儿子呢，在他最亲最爱的爸爸面前，也是一副紧张的状态。

一本正经，不苟言笑，在孩子面前喜欢端着，是许多中国式家长的标配。认为这样的形象，才能树立威严。其实不然，不要让孩子一直仰视，你应该俯下身子，平等地接近他，让他信任你，愿意和你玩耍，和你交流，倾听你的意见。

伊坂幸太郎说："一想到为人父母居然不用经过考试，就觉得真是太可怕了。"

我有一个朋友，她从小便遭受"金棍之下出佳人"的教育对待，和我讲述了她以前的经历：

一群小孩调皮捣蛋，按邻居家"会唱歌"的门铃。每次按，门铃就会响起一首歌，小伙伴们听得不亦乐乎。大人开门追，尽管她从来没按过，但因为跑得慢，被人逮到，送到家里。她妈妈不由分说地责罚她跪在院子里，手里握着一根木棍，不停地敲击地面，教训她。

字迹潦草，要被扇耳光；书写速度慢，用 1cm 厚，4cm 宽的木制戒尺打手心，那种疼，远超于肌肤，深入内心；作业忘记没完成，身上被掐得又红又紫，夏天不敢穿短袖。因为这种"魔鬼式"管理，她每门功课成绩优异。

她妈妈不满足于她的文化课成绩好，周末两天分别报了书法、钢琴、篮球班。周六上午有笔墨纸砚陪伴，下午被琴键和音符笼罩。周日上午写作业，下午和一群身强体壮的男同学在篮球场奔跑抢球。

她不能有任何秘密。她妈妈会翻她的书包，看她的日记，限制她的交友对象。青春期的她，稍有反抗，身边任何一个物体，都有可能成为劈头盖脸打向她的武器。

……

她面无表情，平静地说，妈妈这么做，一是希望她能完成妈妈年轻时没有实现的心愿，二是希望她成为一名足够优秀的人。但她忘不掉整个童年，生活在忐忑不安和棍棒的监视下，以及家中冰冷阴霾的氛围。

作家龙应台在《为什么我要求你读书用功》中，仅用寥寥数语，讲述了一个道理："我要求你读书用功，不是因为我要你跟别人比成就，而是因为，我希望你将来会拥有选择的权利，选择有意义、有时间的工作，而不是被迫谋生。"

这个道理很多人都明白，到了真正践行的时候，却北辕适楚。

鲁迅先生在《我们怎样做父亲》中做了一个很好的比喻。他呼吁成年人："自己背着因袭的重担，肩住了黑暗的闸门，放他们（孩子）到宽阔光明的地方去：此后幸福地度日，合理地做人。"他写道："这是一件极伟大的要紧的事，也是一件极困苦艰难的事。"

时至今日，家庭教育依然要拔丁抽楔，因为，祸患常积于忽微。

会 "借" 的人, 有肉吃

　　奥地利作家茨威格说: "一个人的力量是很难应付生活中无边的苦难的。所以, 自己需要别人的帮助, 自己也要帮助别人。"

1

　　我国古代杰出的思想家、教育家荀子, 在《劝学》中写道: "假舆马者, 非利足也, 而致千里; 假舟楫者, 非能水也, 而绝江河。君子生 (性) 非异也, 善假于物也。"

　　善假于物者, 可以致千里。善假于人者, 可以助自己一臂之力。然而, 很多人有这样的理解误区, 似乎一提 "借", 想到的就是借某人的势或力, 或是有 "求" 于人, 便觉低人一等。

　　事实上, 凡是能让我们为人处世增添光彩的人、事、物, 都属于 "借" 的范畴。我们无时无刻不处在 "借人" "借力" "借势" 之中。看书读报, "借" 的是写作者的思想, 通过文字表达, 汇聚而成的精髓; 我们日常的起居用度, "借" 的是广大生产者的劳动成果。

　　聪明人会在 "借" 字上下功夫, 积极主动地寻找合适的平台, 善借外物之力, 为自己所用。在生活中, 一个善于借势借力的人,总能以最小的付出，获得最大的回报。

2

三国时期的刘备，可谓"善假于人"的典范。他思贤若渴，曾猥自枉屈，三顾茅庐，请出了义胆忠肝的贤臣名将诸葛亮。

刘备与诸葛亮虽是君臣关系，但自孔明出山，到刘备白帝城托孤的十六年间，无论是政治，还是军事行动，刘备对诸葛亮所提的建议，几乎百分百认同，他对军师的重视和礼遇可见一斑。不仅是重视，更是敬重。

刘备论武艺不如关羽、张飞，论智谋不及诸葛孔明，在他们彼此需要，相互扶持中，一步步奠定了蜀国的根基。他对文臣武将的重用和信任，体现出他的宽厚和胸怀大志。

他的聪明在于，不单靠自己的力量，而是善于借助别人的才能为自己所用。因此，他走上了蜀国国君的宝座。虽然最终没有实现兴复汉室的目标，却在群雄并起的鼎足之势中，有了一番大作为。

3

刘伯温在《说虎》中写道："与自用而不用人者，皆虎类也。"

此语意在讽刺那些只用自己的力量，而不用别人的力量的人，如同老虎一样头脑简单，最终会被人击败。事实的确如此，一个人如果只依靠自己的力量，不借助周围的人或物，靠单打独斗，很难成就大的功绩。

中国近代著名的红顶商人，富可敌国的晚清著名企业家、政治家胡雪岩深谙此道。他出身贫寒，自小就懂得一个道理：做事靠朋友，助人即助己。

胡雪岩深得"大树底下好乘凉"的精髓，他的发迹与官界的庇护密不可分。他先是借助王有龄开钱庄，后来投靠左宗棠。他在国家困难时期，筹借洋款，供给军粮，订购军火等一系列经济援助，做出了巨大的贡献。

左宗棠先后三次在皇上面前为胡雪岩请赏，历数他的功劳，给他提供了更广阔的舞台，也给他带来了巨额生意。可以说，在左宗棠投桃报李的帮助下，胡雪岩才得以成为富可强国的巨商，走向事业的巅峰。

在现实生活中，借不仅是一种思维与行为的艺术，更是生存与成功的策略。

如"借机行事""借题发挥""草船借箭""凿壁借光"等，因为个体的力量有限，学会"借"，用好"借"，既是一种技巧，也是一种智慧。

4

记得之前和学生一起做阅读理解，读过一个故事：

一个男孩带着一堆玩具在沙滩上"修筑公路和隧道"，他发现有一块很大的石头挡在了前面。男孩开始挖石头四周的沙子，然后手脚并用，左摇右晃，一次次的对石头发起猛烈地攻击，可石头立在原地，纹丝不动。他用尽全力，只见石头稍微偏离原地，一不留神，又滚了回来，挤伤了他的手指。男孩又气又疼，精疲力竭地坐在沙滩上大哭。

不远处，男孩的爸爸看到了刚刚发生的一幕。走上前，对他说："儿子，你为什么不用上所有的力量呢？"

男孩哭得很委屈："爸爸，我已经用尽全力了！"

爸爸说："你并没有用尽你所有的力量。因为，你没有请求我的帮助。"说完，爸爸将石头扔到了远处。

不依赖，不是不依靠，依靠不等于依赖；走向自立，不是拒绝帮助。呼唤身边的强者，借助别人的力量，也是一种良好的能力。

5

尽管"借力"能带给人便捷和成功，但是，不可过于依赖外物。很多时候，打败自己的，恰恰是过度依赖别人。

有的人在心理和行为上容易依赖别人，喜欢仰仗别人去做事，享受成果。盲目地以为，自己会一直处于别人的帮衬下解决问题，最后失去了独立的能力。依赖是人格障碍的一种体现，过度依赖，则是一种心理不健全的病，得治。

你条件那么好，为什么会被"剩"下

> 罗兰说："如果你爱一个人，先要使自己的现在或将来百分之百值得他爱，至于他爱不爱你，那是他的事，你可以如此希望，但不必勉强去追求。"

1

昨天和梓熙见面。她和我说，希望我能以她的实际情况作为案例，把困扰她的问题以文字的形式分析、阐述，写成文章。我看着她，无奈地笑了。就她的问题，我和她没少聊过。

梓熙年近三十，在世界 500 强公司上班。长相清秀，身材好，高学历，有素养，月收入两万左右，有房有车。独生女，父母国企退休职工。有过两段善始无终的恋爱。她平时工作忙，家人朋友给她介绍的相亲对象，见了不少，不过，至今也没遇到她所谓合适的。

这姑娘不免心生感慨：不管你条件如何，有些人的单身，是不得不，有些人是身不由己。谈恋爱和结婚，哪一样都没那么简单。

是的，没那么简单。

2

之前你跟你的另一半，在交往初期，你的状态可以说很优雅，有分寸。随着你们相处的深入，你对他的要求开始渐渐地浮出水面。你对他总是有无止尽的要求，要求他达到你的心理期望。

你希望他的收入和你持平。他通宵努力，升值加薪，勉强达到了你的标准。

你嫌他不够浪漫，反应慢半拍，在你多次大发雷霆后，他慢慢变成了懂得配合你的节奏的人。

你嫌他学历不高，要求他报名在职研究生，规定他每天要背一定数量的单词。他站在拥挤的高峰期地铁里，低头记单词。

你嫌他太懒，不爱运动，要求他每周至少四次晨跑。你知道他加班熬夜晚睡，忙起来没办法按时就餐，在他睡得正酣时，连拖带拽，拉他出去跑步。

他说他忙得分身乏术，你一次次地打电话过去，责问他为什么不回信息，一天到晚没有音讯。

……

3

在交往的过程中，你总是想方设法要把对方改造成你希望的样子。

我这么说，你觉得委屈，感到冤枉。你说你是为他好，你只是不想将就。

你说你不愿意将就爱情，我反而觉得，**你混淆了"不将就"和"挑剔"两者的概念。很多时候的"不将就"，看上去更像是琐碎的"挑剔"。**

很多时候的"为你好",就是理直气壮的情感绑架。

"不将就"是指到了适婚年纪,不会为了搭伙过日子而结婚,不会因为家人的着急,看到周围人成双入对,或是因为听到了某些风言风语而结婚,更不会降低预期的目标。

而"挑剔"则是罗列出别人难以抵达的"标准",换句话说,在你的内心深处,你觉得对方不如你,甚至是配不上你。即便他再好,可你依旧不满意。

有些男生刚跟你接触的时候,对你颇有好感,后来望而却步。并不是你没有魅力,也不是你各方面条件不及他,而是你习惯性地站在自己的角度去想对方,给他设标准,立门槛。久而久之,他觉察到的是你的不满,而你浑然不知对方的想法和需求,也从未想过去改变。

一百分的完美伴侣不存在,即便足够幸运,你遇到了,或许,你还会期望他达到一百五十分。

4

以你这样的想法,走在总是无疾而终的相亲大道上,便不以为怪。眼看快过了适婚年龄,却依旧孑然一身。到后来,心越来越慌,灰心丧气了,以嫁出去为目标,或者依旧奔走在相亲之路上。

爱情这件事,本身没有多复杂,每个人都有选择自己心仪对象的权利。但是,你若一味地要求对方去做他并不擅长,也不喜欢的事,要求他拥有他并不具备的特质,这不是强人所难吗?

你们曾经被各自的闪光点吸引而走到一起。在相处的过程中,他发现，你除了耀眼的光环，个性中的这些特质已然让他觉得心累：你的咄咄逼人、盛气凌人、强势傲慢、出口伤人，尽管事后你为此后悔、自责。一想到未来十几年、几十年的生活要这样过下去，不免心生顾虑。这就是你的爱情，为什么总会不了了之。

5

你的居高临下和颐指气使的态度，让他觉得在这段关系里，你并没有多爱他，对他并没有多在意、心疼、理解，甚至没有给予足够的尊重。

你的条件是不错，可他也不差，有能力找到和你条件相仿，甚至是有过之而无不及的人。其实条件的好与不好，是相对的。在这个供需充沛的大环境中，比你好的大有人在。既然这样，他为何不找一个让自己愉悦又喜欢的人呢？

你说：爱情难，爱我的，我不爱；我爱的，不爱我。

我说：不是不爱，是不会爱。

问题不在于条件好坏，而在于你有没有让人持续喜欢的性情和能力。这个问题，无论男女，在两个人相处的过程中都应该引起重视。

别让"房事"毁了你的生活

我妈说，现在不管走到哪儿，人们无论在谈论什么，话题最终都会落到房子上，可谓畸形社会的发展产生的扭曲现象。

我说，那些不知道无法负担起一处安全、舒适的住所是什么滋味的人，当然不会理解无力掌控自己的生活空间是一种什么样的感受。

1

我的前同事德语翻译员，就是那个曾经"死在手机里的人"，上周收到了房东的卖房通知，买方已付定金，给了他违约赔付，通知他尽快搬家。这已经是他今年第三次失去安定的住所了。

他在电话里说，即将居无定所，无心应对工作，正在焦急地四处寻找一个能让他坐公交车或者地铁上下班的落脚地。

找房子是一件让人身心疲惫、分心焦虑的事。搬家是一件伤筋动骨、消耗体力的活。不过这些，却是这座城市中数以百万的低收入者、外来人口不可避免地要经历和面对的事情。

周六他先给我发来几张新住所的图片，9平方米的茶水间，墙壁霉迹斑斑，窗子落满灰尘。他说，我努力尝试，看自己能否忍受将这里当成自己的家。

第二天，他发来一段视频。床头一盏台灯，泛着昏黄的光，墙壁贴上了仿古立体砖纹壁纸，全棉帆布落地窗帘，经过一番装饰，焕然一新，有家的温馨。

他的收入不算低，也曾考虑过在周边买一套房，有一个稳定的家，这样就不会总因外界的变动而频繁挪窝。当时没买，现在房价翻倍，增长速度超出了他的意料。父母无能为力，自己有心无力。苦心孤诣地蜗居在一线城市，个中滋味，唯有自己体会。

对于经济条件一般，生活拮据的人，或是年轻人来说，有一个独立、舒适的生活空间，很难。但不管怎样，不要因为房子是租来的，就以"租"来的心态，把生活过得像从别人那里借来的一样。

2

颖出生在北方一个贫穷的家庭，上有一个哥哥。她家的农活，多得好像永远都做不完。受重男轻女思想的影响，家里人希望她辍学，帮衬家里干活。可她不愿意像她的父母那样，一辈子面朝黄土背朝天。她的梦想是离开那一亩三分地，然后，在县城买一套房安家。

大学她考到了二线城市，开了眼界，见了省会的繁华。毕业后，来到了一线城市工作。婚后她和爱人看到了楼市的发展方向，凭着"无论再苦再难，老子都要留下来"的豪气，一穷二白的两个人，东家借西家凑，在郊区首付了第一套房，开始了房奴的生活。加班很多，节衣缩食，一切从简，在这种周而复始的状态下，两三年里他们已在北京及河北有了三套房产。她说，成为房奴，也许是她最明智的选择。

即便他们现在什么都不做，单靠收租金，生活也会过得很滋润。但是，他们没有坐享其成，没有停下来享受生活，依旧保持着相同生活水平的要求。他们对生活，对创业充满了热忱。小时候经历过贫穷，深知脚踏实地努力的意义。

3

秋玲是天津某房产公司的销售部经理。前些天她休假来我家，一大早就接到了客户的求助电话。客户是夫妻俩，名下有一套住宅，贷款正在还，想买二套房。根据二套房新政策，首付比例和税费加起来，要比首套购房多缴纳八九万。这八九万块钱，实在不想掏。

有没有办法？有，不过凭人心，担风险罢了。

她之前有一客户，一家都是生意人。夫妻二人名下有三套房，想再买一套别墅。两人名下有贷款没还清，首付四成起，利率上浮，税费和维修基金算下来，预计多出十万左右。两人商议后，办了离婚手续，三套房放在了女方名下。说好的手续审核完，就复婚，结果男方堂而皇之地和新欢搬进了别墅。

夫妻之间假离婚、真购房已经成为了一种新的"生存方式"。用假离婚来规避限购限贷的现象已经屡见不鲜，上演各种令人啼笑皆非的闹剧。不过，近期有政策出台，开始对"离婚不到半年"的房贷申请人严查，离婚前若不符合贷款申请资格，即便离婚，也可能停贷。

离婚买房是成年人之间的游戏，赢了肆意笑，输了后悔哭。房子再多，心无家可归。坐拥房产无数，却成了精神上的奴隶。

4

房子是框架，因人因爱才有灵魂和温度。关于它，不必抱怨，认真工作，咬紧牙关，可以攒下一笔钱，哪怕是郊区，远离市中心，或者有地铁规划，交通辐射便利的地段，或是亲朋好友帮衬一把，交个首付，按揭贷款，供套房，踏实过日子，比较靠谱。

如果你想等到攒一笔足够的钱，然后期待哪一天，房价大跌，楼市崩盘，兴高采烈地全款入手一套向往已久的房子，现实吗？事实就是，无论你什么时候买房，都会觉得钱不够。咱不拼爹，咱死磕自己。

婚姻是感性的开垦，理性的投资

很多人有爱，却没有婚姻；很多人有婚姻，却没有爱。很多人有了婚姻，有了房子，却没有家的归属感。

见过不少三十岁上下的单身女人，也听过很多她们的故事，她们中的很多，一心想要在为数不多的"青春"里，依靠一份婚姻，摆脱独身。

也有一部分人，安然自得地活在与自己独处的关系中。她们信奉"一个人不怕，怕的是两个人的孤独。"所以，学会爱自己。

1

S是我的一个读者，年过三十。曾经因为单身，迟迟未婚这个问题，在两三年的时间里，她一直处于否定自己的状态。她认为自己没有存在的价值，认为自己不值得被爱。她觉得活到三十岁，没有经历过被求婚，是一件很丢脸的事情。她怕世俗的流言，怕被人家说是"问题女人"。

后来，她爱上了这样一个男人。没有正事可做，不相信爱情，身边暧昧对象很多。但是，这个男人对她说，想和她结婚。他觉得S是一个会过日子的正经女人。心善良，能吃苦，会洗衣做饭，这样的话，有人帮忙照顾他多病的母亲，他也放心。

男人说可以和她成家。只是担心会亏欠她，无法给她一个普通家庭的幸福和承诺。S却觉得他有魅力，毫无隐瞒地将真实想法告诉她，很真诚，是她欣赏的类型。他可以和她结婚，也正解了她的燃眉之急。她自我宽解：这是命，也许自己上辈子欠了他太多，这辈子专程来补偿。

S常读我的文章，她私信留言说，她羡慕我对感情的理解，能够保持一种理性和清醒的状态。她说，面对她的这个问题，就不能感性一次吗？

我理解她的苦衷。其实，我是一个感性的人。我的感性细胞甚至多于一般人。但是，我想说，S的问题，是看不清自己。她为一个不应爱、不懂爱、不能爱的人，编织了各种理由来开脱，幻想生活到一起后，用真心打动他。这是对自己的辜负和不负责。

一个不相信爱情，却会寻花问柳，需要一个踏实的女人照顾母亲，自私且对自己放纵的男人，在我的理解范畴，不可能成为一个负责任、有担当的好丈夫。他需要的是一个照顾他母亲、伺候他的保姆。

而你恰好是一个母性泛滥，理性不足的人，不管有没有感情和感觉，只要能了结心愿，结婚生子就好。你需要借助这种形式上的一纸婚书，来证明自己是他人口中的"正常女人"。

2

"我想找到长久的关系，一直走下去，但他似乎总是令人失望。"一个再婚女人这样说。

她和前夫离婚，带着两岁的孩子嫁给了现在的丈夫。结婚不到半年，她发现，他们的相处模式，情景再现了她第一次失败的婚姻。

再婚的她，对丈夫的言谈举止，应酬对象格外关注，时常草木皆兵。她变得敏感、脆弱，小题大做。常拿现任丈夫与前夫作比较，吹毛求疵得出的结果是：好多方面，现任做得不及前任。

激情回归平淡，平淡走向麻木，麻木带来沉默，沉默变成无所谓。我有我的应酬，你做你的事，互不干扰。妻子希望丈夫对他知无不言，言无不尽。原本好端端的两个人，现在就连偶尔的对话，都显得尴尬有余。夫妻关系越来越紧张。

再婚关系中导致女性情绪失落或失常的原因，一方面是要求过多，得不到满足而失望，一方面是忽略对自身能量的开发，不去主动探寻自得其乐的生活方式。将焦点集中在别人身上，让负面情绪操控自己，以忧虑不安的心态面对家庭，以战战兢兢的姿态畏首畏尾，害怕婚姻再次失败。想让家庭的氛围感到舒心和温暖，很难。

再婚之前，不要忘记审视之前离婚的原因，有则改之，无则加勉。成年人的世界，最基本的是信任和尊重。在缺乏沟通的前提下，把对方管得太紧，会导致你与他渐行渐远。两个人如果在想法和兴趣上相对同步，那自然好，相处起来轻松愉快。

婚姻需要学习，也离不开规划，懂得管理自己的情绪，摸索出两人的相处之道，才能使婚姻关系和谐而长久。

3

表姐结婚的第一天，她对表姐夫说："从今天起，我们就是一个人了。你以后不在我身边的时候，我不会追问你在做什么，同样，你也不要过多地干涉我在做的事情。因为，你在做什么，我就在做什么。"

话虽这样说，表姐想表达的意思是：即便结了婚，也要有自己的生活。给自己，也给对方留出自由的空间。爱人，不该成为生活的全部。

表姐人缘好，朋友多，兴趣爱好也不少。表姐夫工作忙，不能陪她的时候，她不是在家做自己喜欢的事情，就是出去参加一些文娱活动。表姐夫在家，他们会相约一起做些事。如果表姐夫有应酬，或者出差，对她来说，也是一种解放，可以约闺蜜去瑜伽、舞蹈、读书会。

她很少在表姐夫应酬的时候给他打电话，为了避免打扰他，会选择发信息。表姐夫也会提前主动告诉她大概什么时间回家，让她早休息。反倒是表姐夫对表姐很是在意，外出不在家的时候，他会打电话问这，聊聊那。得知表姐在做什么，他就放心了。大概这就他们小两口表达爱的相处模式吧。

4

人活一世，不要因为别人出卖了自己，不要因为岁月慌乱了心境，不为得到别人的认同而草率选择。你脚下的路，没人替你走。是否幸福，并不取决于年龄和婚否，而在于你是否心静，是否轻松，是否懂得爱自己。

你要学会和自己独处，然后和自己"结婚"，给予自己信任和肯定、鼓励和陪伴，在爱中修行。

有勇气让你的选择正确

在逐梦的路上，抛开年龄的阻碍。明白自己想做什么，任何时候开始都不晚。

与"计划要做的事情往后推迟的行为"说拜拜，是我当初发起"告别拖延"活动的初衷。

给自己列一个"to do list"清单，把要做的事情和未来一个月内要做的事情写到清单上。然后，严格按照目标内容一项一项去完成。尽量压缩完成任务的时间，并且不能超过限定的时间，超过时间未完成，要自我惩罚。

我向来对高标准、有要求、自控自律意识强的人欣赏有加。这个活动，也吸引一部分志同道合的朋友加入。

我的多数学生，对此很感兴趣。很快，他们自发一个挑战小组，认真地根据自身情况，给自己设定小目标，包括奖惩，由彼此监督、促进。每完成一项，他们会在对应的目标后面画个笑脸，课间愉快地分享心得，包括途中遇到的磕磕绊绊。

没过多久，一位家长得知目标挑战一事后，和我进行了一次沟通。家长一方面感到很欣慰，对孩子自我要求的行为意识颇为开心；另一方面她很担心，不仅心疼孩子这样做会很累，而且如果没有在限定时间内完成目标，孩子会在同学和老师面前不好意思，动摇了做事的信心，进而否定自己，影响学习状态，得不偿失。

家长说，孩子哪里会有多余的时间阅读，能把课业内容完成，就不错了，有那个时间更希望他多睡一会儿。还有，干吗非得进年级前三十，依我看，五六十名就挺好。

我赞同健康快乐地成长，但我也欢迎在此基础上，为实现理想而设定目标，付出汗水。

学生根据自己的情况，很多任务在学校就能高效率地完成了。他要求自己每天有效的阅读时间是一个小时。每天至少背50个单词，翻译一篇文言文，并把特殊句式及词类活用现象找出来，弄清楚。他给相对薄弱的科目设定题量及提分标准。

他不盲从，不敏感，效率高，有信心。他拒绝做考试机器，心理健康，性格活跃，团结同学。

如果家长经常为孩子的成长瞻前顾后，担心他出错，纠正他的错误，恨不得事事替他去做，这不仅不会终止他犯错，更无助于他的成长。

根据实际设定目标，虽然看上去这种形式无足轻重，但它会让你在日积月累中，通过自身的努力，潜移默化地让自己成为一个有目标、有自律意识、有责任心的人，这一点，比分数本身更为重要。

我有一个朋友，当年凭借父母的关系，进入杭州一家知名的杂志社工作多年。三年前我去杭州，聊起工作的事情，他说，已经厌倦了当前的生活，分分钟想逃离。

这是一条家长铺好的路，看上去光鲜平稳，却不是他喜欢的。那时候，他在滨江区租住一居室，屋子凌乱，三餐不规律。日子就像他来不及清理的胡茬，在肆意又低迷中日复一日。

时隔三年，我再去杭州，他依旧做着三年前的事情。工作轻松，有房有车，很多时候SOHO，偶尔去单位和领导同事打个照面，自由散漫，惰性加剧。

他说，前段时间刚刚放弃了北京一家知名的互动广告公司的邀请。进入广告公司做策划，是他从前的梦。过了而立之年，梦想遥不可及，奋斗的勇气和激情逐渐消磨殆尽。

他说，就连第一批90后毕业生正式出道至今，也有四五年的时间了，而自己，年纪一大把。但是，我记得英国有句老话说得好："人生六十才开始。"才年过三十，怎么甘心一辈子活在父母设计好的规划中？

不想折腾，不思学习，在按部就班中拒绝接触新事物，把未来推走的同时，也被它远远遗落。

今年九月，他终于鼓起勇气离开他工作多年的杂志社，进入一家互动广告公司做策划，终于可以发挥所长。

他说，现在才懂得，只要明白了自己想做什么，任何时候开始都不晚。华丽转身，便可以绽放光彩。我远在北方，隔着电话，却感受到他的这番话，传递给我的幸福和能量。

此前，我和他说起辞职后的打算，他还羡慕我有追逐梦想的魄力。其实，只不过想在年轻的时候，或是只有一次的人生里，不想像"死"了一样，无法尊崇内心，打不起精神地活着。

即使已经八九年没写过文字，我还是会心心念念写作这件对我来说具有仪式感的事情。我想通过文字，书写人生。在我重拾笔杆不到一年的时间，我正式签约了我人生的第一本书。我常说："**凡事抵不过一日三餐似的坚持，你的苦心孤诣，不会白费。**"

人生的入场券不再别处，就在我们自己的手中。

我不擅长学习，也没有什么良好的学习方法。但是，我从小到大走的每一步，似乎从未偏离来自内心深处的真实想法。当然，这离不开我至亲至爱的父母，对我放心且正向的培养。

时常有人留言咨询我该如何做选择。在选择这件事上，不要贪心不足，犹豫彷徨。不怕选，怕的是不敢选，不敢迈出那一步。怕的是，当你选择其一，却在半路懊悔没选其二。错失了抵达前者的高度，又无法折回起点重做选择。

任何时候，做任何事情，听听自己的心，问一问自己：想不想？能不能？有没有信心……如果答案是肯定的，坚定的，那就大刀阔斧地去做吧！

选择好走的路，不如走好脚下的路。

我欠那个姑娘，一个未来

失去了缘分的人，无论是朋友，还是爱人，即使在同一个城市，即使生活在同一个小区，也很难遇见。

2015年9月27日，中秋节。

那夜，潮湿闷热得透不过气。二十二点五十八分，肖宁让师傅把车停在了小区门口，推开车门，哭着离开。我透过车窗，怔怔地望着她的背影，渐行渐远。

三年零两天，历历在目。我强忍的眼泪，还是滴落下来。

她说，越来越看不清我，她不确定，我心里是否还有她。她没办法说服自己，去赌一个不确定的明天。

是的，就连我自己都不清楚，在我未来的规划里，还有没有她。

我们就这样走散了。连"再见"都没说出口，想想，真挺令人难过。

认识肖宁的时候，我在嫂子的医药公司做销售。收入只有肖宁的一半，不苦不累，对职业，对未来还没有清晰的规划。那时的我，总有一股说不上来的劲儿。总感觉，我以后，一定可以做大事。

肖宁是一个有规划的姑娘。在我们还没认识的时候，她在老家买了房，每月还贷。她说，她需要一个港湾。在没有人能给她之前，她先给自己安一个家。

她从来没有嫌我赚得少，她说，"你的努力，我看得到"。

但社会很现实，没有经济基础，寸步难行。我们以后要成家，柴米油盐，子女教育，买房买车，赡养老人，各方面保障，这些都需要一一面对。她说，她不会把压力推给我一个人，她会和我一起努力，一起建造我们的家。

这也是我第一次认真去想，一个男人必须面对的责任。

2012 年 9 月 24 日，我和肖宁相遇。

我们的相识，缘起我们彼此的妈。

我妈在肖宁居住的那个小区物业上班。肖宁妈妈在小区散步，两个家长坐一处闲谈。她们不省心的孩子，也就是我和肖宁，处于相仿的适婚年纪，工作忙，都是单身，却不知道着急。可家长急啊，一来二去，操不完心的两个妈，互留了电话。

我还记得我妈当时有多激动。我妈说，肖宁的妈妈是老师，有素养，谈吐得体，这样的人家，培养的姑娘肯定错不了。说着，把一张写了肖宁手机号的纸条递给我，叮嘱我主动点儿。

我敷衍了事，出了门，不记得把纸条丢哪去了。我对我妈介绍的这种相亲似的相识，没抱什么希望，自然也没放在心上。

几天之后，却收到了肖宁的好友验证请求。

第一次和肖宁见面，和我想象中的模样几乎一致。端庄大方，姿态美好，乌黑的长发，身材高挑。

第一次吃饭，我想请她去高档餐厅，她执意不肯让我破费，最后折中选了一家湘菜馆。

直觉告诉我，她可能就是我要找的人。

那一年，我们二十四岁。

肖宁说，每天最惬意最轻松的时光，就是下班后，无论是一个人逛菜市场，买菜，做饭，还是等我一起吃饭。

她为自己的厨艺扬扬自得，尽管只会做那几样。西红柿炒蛋、蒜蓉西兰花、鸡蛋羹、海带炖肉。

我应该为自己遇到这么一个知书达理，体贴识大体，会洗衣做饭，热爱生活，有爱心，又顾家的姑娘，感到幸运。

我却委婉地对她说，如果能尝试去做其他菜系，就更完美了。她上网看菜谱，按照步骤，学会了麻辣香锅、可乐鸡翅、鸡丝豆角焖面、水煮牛肉……

她干活细致，动作缓慢。我提议以后出去吃，不仅不累，还节约时间。她笑笑，隔天还是会买菜回来。

那时候，我们畅想未来，给以后我们的孩子起了很多好听的名字。也曾以为，日子就会那样平平淡淡地过下去。

我辞职创业，是在肖宁的支持下，才鼓足了勇气。

我嫂子带我进入医药行业的几年里，我积累了一些可靠的资源和人脉。而且，多是各大医院有话语权的相关科室的领导。

但我确实没赚到什么钱。工资标准还是两三年前我嫂子定的。我倒不计较，她也没再提涨。可现在不同，作为一男人，要担起我的家。

虽然辞职，我还是会在嫂子业务需要的时候，帮她做事。只是将更多的精力放在我自己的事业上。

离职员工，需要搬出公司宿舍。我很少操心琐事，也没有过租房经验。找房、看房、定房这些在我看来烦琐的事情，都由肖宁来处理。她对居住条件有一定的要求，希望我在相对良好的空间生活。

为了尽快给我找到满意的房子，她下班后坐在中介的摩托车上，穿梭在看房的路上。那时正值夏天，连续几天下来，除了胳膊、腿被蚊子咬了几十个又红又大的包以外，毫无收获。

条件不错的，不是价格高得离谱，就是交通不便；房租能接受的，不是几家合住，就是房子年头太久，房体破旧。

后来我才知道，其实，她一点儿也不喜欢找房子。在这座城市，多次搬家，让她一次又一次体会了居无定所的漂泊感。

我安慰她："有我在，我会努力买一个大房子，然后写上你的名字，给你一个安稳的家。"她虽然疲惫，却笑得很满足。

小区居委会大妈听说她在找房，给她介绍了小区里一个正在招租的房东。

一周后，我搬到了肖宁的小区。她请了半天假，帮我收拾行李物品。

边收拾边说，世界上最浪漫的事情，莫过于我们住在同一个小区，两栋楼相隔不到百米。抬起头，仰望同一片天空，站在阳台，就可以喊你来我家吃饭。说这话的时候，她的眼睛闪烁着喜悦，脸颊洋溢着幸福。

那段时间，我压力很大，多亏了肖宁在事业和生活上给了很多支撑和助力。

创业以后，随之而来的是我的收入越来越高，人越来越忙。肖宁休息的时候，会给我帮忙。

有一次，她去雍和宫桥东给病人送药，生理期腹痛，坐在公交车站旁，头埋在臂弯中。深秋的天气，虚汗浸湿了衣衫。豆大的汗珠，从额头滚落。她脸色煞白，抬头看到我时，怕我担心，笑得勉强。

我一面要求她假期安心休息，做自己的事情。一面又因为人手不足，分身乏术。

后来，我的应酬逐渐多了。我们一起吃饭、交流的时间越来越少。

有一次吃饭，肖宁不经意间说，她有不好的预感。我问怎么了，她笑了笑，摇摇头，没再多说什么。

我曾在电话里抱怨："我在忙，也很累，每天要处理很多事情，忙到很晚，哪有那么多时间和你聊天？"

"我希望帮你分担，可你不让我参与……你起码要有一些休息时间，可我们现在，连每天几分钟的电话时间都被剥夺了！"我知道，肖宁在极力控制着她的不满情绪。

当时的她，一定委屈极了。可那时的我，竟全然不觉。

我一向不喜欢吵架。吵架消耗精力，影响心情，后续麻烦不断。所以，我习惯性地对矛盾避而不谈。肖宁则不同，她希望敞开心扉地交流，把问题说清楚。

看到肖宁的时候，她眼睛浮肿。她摸了摸我瘦了一圈的脸，眼睛红了。我们默契地没有说话，她转身进了厨房。

那年中秋节，我带她见了我妈。记得她看到我妈住在单位地下宿舍潮湿的环境时，眼泪止不住地流。

我妈喜欢肖宁，高兴地一直笑，带她去见住在隔壁的同事阿姨。她们都说我俩般配。

那天，我喝了很多酒，肖宁第一次见我抽烟，也是最后一次。

那年，肖宁 27 岁。以一个正常女人的想法，应该安定下来了。我考虑了很久，却无法下定决心，我知道，我还没做好准备。我一心把精力放在事业上，恐怕无暇兼顾感情。

那时候，事业的快速发展对我来说，是一个不可多得的机会。同样，没有一份感情，经得起这样的消耗。

我对我妈说，30 岁之前，我要有房有车。在此之前，我不会再谈恋爱。

我大概用了不到一年的时间，取得了不小的成绩。买房买车，把我妈从地下室接到了二环的两室一厅。

肖宁，万里挑一的好姑娘。她是我在不想安定的时间里，遇到的对的人。

她离开后，再没有人开着昏黄的灯，做好饭等我回家。再没有人劝我"少喝点儿酒"。

错过，就过了。可能以后，再也不会遇到那么好的姑娘。

肖宁喜欢"银杏染秋"的画面。那天，我做了一个梦，梦中肖宁手捧一把金黄的银杏叶，撒向空中。她满怀期待地看向我，用渴望的眼神对我说："吴诺，为了我，停一停脚步……帮我拍张照吧。"她的笑容，定格在那里。我却迟迟没有举起相机。

恍惚间，我忆起，我和肖宁，连一张合影都没有。

2016 年 11 月，初冬。银杏叶纷纷飘落，满地金黄。

那个和我住在同一个小区，相距不到百米，缘分已尽的姑娘，再也没有遇见过。

你，还好吗？

差劲的伴侣，究竟染了什么瘾

荷尔蒙决定一见钟"脸"，多巴胺决定恋爱长短，肾上腺素决定出不出手，5-羟色胺决定谁先开口，健康决定谁先离开谁先走。

最初的"一夫一妻制"，说的是"跟一个人过一辈子"；现在的"一夫一妻制"，似乎变成了"一次只跟一个人"。

1

有人说，婚内出轨无非是在合适的契机，在"对"的心境和场合下，遇到了一个"对"的人。一场"婚外的邂逅"便任性、随机地拉开了帷幕。

庄心和她相恋多年的先生结婚三年，庄心深爱他。先生顾家，待她好，将日常饮食起居打理得井井有条，也会有条不紊地规划他们的未来，生活很幸福。

完美主义的先生会在别人的期待中和对自己的要求里，把事情做到尽善尽美。他是一个孝顺儿子，好女婿，模范丈夫，好父亲，好员工……他从来没想过伤害身边这个与他携手多年的女人和他的一家老小。

但有一天，庄心的先生突然迷恋上了一个比他小两岁的瑜伽教练。他带着重走青春路的悸动，被这个年轻的女教练俘获了心，满脑子都是她令人心动的柔软。这个女教练，浓妆染发有文身，不仅有男朋友，还和其他学员暧昧。

庄心的老好先生，鬼迷心窍一般，和教练发生了庄心最不齿，也最不能接受的越轨行为。

针对婚内伴侣的越界行为，至今没有相关法律作为约束。婚内遵守契约，是道义。再从感情出发，是承诺，是誓约。

但是，仅靠道德谴责和承诺约束，其力度微乎其微。

2

那天周末，美珍坐在一旁陪儿子写作业。她打开电脑，爱人的QQ自动登录上线。她没理会，继续查阅资料。然后，她看到电脑右下方提示栏QQ头像闪动。

美珍点开一看，是这样一条信息："在做什么？想见你。"

她好奇地点开对话框，单击对方的头像，弹出个人资料。28岁，女。她迟疑片刻，打开了"消息记录"。

几千条信息足有百余页，字里行间流露着赤裸裸的荷尔蒙。老公和别的女人调情的字眼火辣辣地刺入眼帘，一段近乎四个月婚外恋的细枝末节，生动地展现在她的眼前。悲从中来。

美珍是公司人力资源部门经理，她爱人自主创业。两人晚婚晚育，在婚姻的问题上一向很理智。他们是彼此搭伙过日子的得力帮手，志趣相投，感情和睦，工作相互促进，生活和谐。

虽然美珍是部门领导，却能很好地将工作和生活区分开来，很少因为工作减少对家庭的关注。但她万万没想到，这样的事情会发生在他们之间。

她平息满心的怒火，擦去泪痕，心怀忐忑。她的爱人与她开诚布公地进行了一次交谈。他说："很抱歉，我为我的所作所为感到惭愧……我应该为我做的事情承担后果。我们各自有义务选择自己的路，我们接受的观念是尊重追求幸福的人，这是别人无权剥夺的权利。"

美珍说："假如在过去，我们离婚，我们或许会因为离开彼此，感到不幸；可现在离婚，一定是因为我们可以让自己更幸福。过去离婚，在世俗面前，会觉得丢人；现在恰恰相反，选择忍气吞声，因循守旧，那才是真正的耻辱。"

美珍没有将这件事情公开。她不希望外人介入，掺和她的家事。她大概可以想象，闻讯而来的人会站成两队。一队是对越轨的一方毫不留情地口诛笔伐，支持离婚。另一队则会极力劝阻，列举一系列离异女人今后生活可能会遭遇的种种……

抱残守缺、死不放手、怨念相加，对她来说，做不到。

3

为什么会有那么多人冒着离婚的风险，选择背叛？

老生常谈的回答多是：

① 感情不稳定；

② 夫妻生活不和谐；

③ 缺乏有效的交流；

④ 万能原因——性格不合。

……

任何事情的发生，都有它的原因和意义。

发生背叛，正是需要冷静面对，理智思考的时候：两个人之间到底哪里出了问题？

可并不是数以百万有过背叛经历的人都存在类似的问题。试想一下，如果 TA 想要的一切，在对方那里都可以得到满足，那便没有红杏出墙，不需要到别处寻花问柳，以求得满足。

一个坚持对爱人数十年如一日忠诚的人，一旦价值观和行为发生冲突，他会冒着失去一切的风险，越过那条界线，走进自己原本以为一辈子都不会触碰的禁区。这种不忠的背叛，不只是因为情欲、人品，还有其他因素。

比如，寻找弥补自身缺失的渴望和需求。对情感的不满，追求刺激，渴望自主、自由等，或者是期望改变死气沉沉的生活现状，注入新的精神和活力。

两个人最初走在一起，是基于人对孤单的排斥，害怕独居，需要扶持。一旦走到一起，对精神层面的追求上升到心灵渴望，情欲和爱的能量，需要共鸣。诚信和尊重，不可或缺。

男女双方在情欲当前是均等的，没有高下之分，一个巴掌拍不响。对爱情诚信的破坏，没胆量承认比背叛不忠更令人厌恶。既然做了，就放下面子承担后果。

面对诱惑，选择危险关系，背叛婚姻的契约。忽视道德对自身行为的约束，无论男女，自轻自贱或不负责的行为，对任何一方当事人，或许都是一种伤害。

4

美国心理学家曾针对二十对不同年龄、地位、职业、国别、文化背景的夫妻做了一项实验。通过分析测谎仪和实验数据，表明：

"大部分人的婚姻在遇到困难或诱惑的时候，是会发生改变的。

"在没有诱惑和艰难抉择的时候，婚姻能够正常地维持下去，不易出轨或离异。

"可当另一半发生灾难，或者当离开原来的配偶，能够拥有更好的伴侣和条件时，很多人会选择逃避或离婚。

"而对多数没有出轨的人来说，只是没有遇到机会。"

婚内背叛，任何人都有权选择离婚，当然，也有权选择原谅。无论如何选择，我想说的是，具备独立不依附，精彩生活，有底气转身的能力，是谁的离去都带不走的。

婚外情不应该成为打败幸福的砝码，真正悲哀的是，失去婚姻后一蹶不振、一无所有的丧气。

AA 制的婚姻，你会嫁吗

一对新人，穿着红色的情侣装，一副幸福甜蜜的模样。在婚姻登记处办完登记手续，工作人员递给他们一张9元缴费单。小两口各自掏出一张5元钱纸币，由男的去交款。走了没几步，女的如梦方醒，喊道："记得找两张5毛的，好分！"

1

一晃过了老大不小的而立之年，吴诺却一直没有遇到合适的结婚对象，又不想委屈自己降低标准。与其拿后半辈子的幸福和生活质量做赌注，还不如独身自在。

吴诺和林梦然在朋友组织的联谊会上相识。每个人都在热火朝天地聊着天，吴诺和坐在旁边的林梦然，显得格格不入。他起身取了两杯鲜榨果汁，递给她，两个人自然而然地交谈，熟络起来。

吴诺和林梦然都属于工作上春风得意，情场上落魄失意的主。坚持遇到对路的人，才能搭伙为伴，走进婚姻，相互取暖。条件相当的两个人，关系会相对稳定。于是，他们二人，一个半斤，一个八两，就这么凑到了一起。

吴诺和林梦然的收入水平在这个城市算中上。林梦然的工资不低，在天津有一套商住房，每月还一部分贷款。吴诺从毕业到现在，工作八九年，也已经在三环的交通枢纽地段买了一套两居室，每月收入的三分之一用来还贷，还有一辆家用型经济适用车。

　　谈婚论嫁时，一向懂得察言观色的吴诺，看出了林梦然的不安。她的想法，吴诺猜了个八九不离十。

　　吴诺坐在林梦然旁边，把手搭在她的肩上："已经是一家人了，你有什么担心和顾虑，放心大胆地说出来吧。"

　　林梦然犹疑地抬起头，试探性地建议："咱俩个性要强，又都有理财意识，让你今后把工资卡交给我，或者家里的财政由你主管，可能都不如 AA 相处模式好。"林梦然顿了顿，吴诺示意她接着说。

　　"我希望我们婚后，各自经济独立。我担心你会觉得这样太过现实，不能接受。"其实，吴诺觉得这样不错，怕林梦然接受不了，所以才没说。

　　"婚姻有风险，领证需谨慎。"林梦然有一个同事，曾经嫁给一个嗜赌的男人，结婚不到五个月，被负债一百多万；身边因为财产纠纷而引发婚姻危机的，屡见不鲜。

　　他们认为，要想婚姻心无芥蒂，尽量在婚前就把话说清楚，把婚后财产等一系列经济问题捋清楚。双方签字画押，各得其所，AA 制婚姻万事大吉。

　　除了各自负担房贷，日常的柴米油盐、水电煤气、衣食住行等费用全部分摊。两人出游，吴诺买机票，林梦然负责打车，买门票。

有时候，谁没有及时主动付款，对方会恰到好处地提醒。

2

大学时期教我美学课程的王教授，结婚十多年。

他刚结婚那会，他和爱人每月的工资都会放在一起，谁用钱，谁就去拿。一个月下来，所剩无几。他们觉得这样下去不行，为了杜绝开销的无计划性，决定试运行 AA 制。

家庭里一切日常支出，包括孩子教育等费用，以"能者多劳"的方式进行分配。王教授的收入相对高，根据家庭总收入中所占比例来分摊消费，其余的钱各自支配，各自管理。

为了避免重复性消费，他们会及时和对方沟通、报备。比如，买1000 元以下的物品，需要和对方知会；买 1000 元以上的物品，需要双方商量再决定；每个月会分析当月的花销流水，什么消费可有可无，哪些是不合理的。这样一来，反而有助于彼此在花销上的计划。

王教授说，在中国人的传统观念里，认为夫妻之间 AA 制缺少人情，感情会受到影响，逐渐淡化。他们却不这样认为，每逢节日，他会用自己的存款为爱人精心挑选礼物，每逢出差，也会给她带礼物。

元初中国书画大家赵孟頫的妻子管道升所作的《我侬词》，文字质朴，却饱含一份"你中有我，我中有你"的深情。

"你侬我侬，忒煞情多；情多处，热如火；把一块泥，捻一个你，塑一个我，将咱两个一齐打破，用水调和；再捻一个你，再塑一个我，我泥中有你，你泥中有我。"

相爱的彼此，原本就应该这样紧密地黏合在一起。

3

我们小区有一对崇尚AA主义的夫妻，妻子在丈夫生日的时候，给他买件衣服，费用一人一半。妻子过生日，丈夫订了一个慕斯蛋糕，一束花，妻子付一半的钱。有钱的一方出行打车，衣物都是名牌，进出高档餐厅。可收入微薄的一方，过得就没那么潇洒了。

这种生活模式，一个愿打，一个愿挨。对于收入少的一方，管，还是不管？坐视不管，等同你放弃了婚姻的义务；管的话，干涉了对方的私人空间，AA就成了摆设。

实行AA，最终避免不了一个"钱"字。既然已经各买各的单，那么，如何区分财产和债务的所有者，就必须有明确的约定。这样，才不会出现"现在不红脸，将来难免红脸"的现象。

有人说，AA制婚姻在一定程度上，体现了现代人家庭关系的利益化和亲情的淡漠，缺乏人情味，是对传统婚姻消费理念的挑战。

朝夕相守、同床共枕的恩爱夫妻，由陌生到相识、相知、相爱，在同一屋檐下居家过日子，日常生活消费中各花各的，买了昂贵的物品要公证，钱分得一清二楚，家庭关系变成了一场难堪的交易。

这种情况，会不会影响两个人的感情？

这样的爱，你接受吗？

小而不凡的妈妈，是最动听的名字

"偶尔觉得妈妈很丢人，她怎么连起码的脸面和自尊心都没有呢？那是因为，比起她自己，她有更想守护的——那就是我。人真正变强大，不是守着自尊心，而是抛开自尊心的时候。所以，妈妈很强大。"这是《请回答1988》中我很喜欢，也很感人的一段旁白。

其实，世上最好哄的不是吃货，不是小孩，也不是明明很喜欢你，却还在发脾气的女生，而是小而不凡的妈妈。

1

秦素衣曾在文章中讲述她和家人的故事。

素衣在家中的地位很尴尬。爸妈想要儿子，坚持生，结果生下她，还是姑娘。

后来，妈妈如愿生了男孩，弟弟显然是最得宠爱的。当地老一辈闭塞的理念是，闺女迟早要嫁人，无关紧要。所以，她从小到大，恨她的家人。

终于考学离开家，为了报复家人，她拒绝与他们来往。多年后，在心理医生的开导下，她第一次拨通家里的号码。电话那头的她，叫了一声"妈"之后，妈哭了，哀号着，叫着："妞妞，妞妞……妞妞终于来电话了……"声音哽咽着，再也说不出其他话。

阔别多年，她从小生活的那个家，破旧了；爱发脾气的妈妈苍老了，满头花白，坐在院子里择菜。妈妈看到她的时候，眼神慌乱，不知所措，赶忙理了理衣服和头发，趔趄地走到她的身边，却没敢伸出手抱一抱她。

素衣外出多年后给家里的一个电话，回家省亲送给家人的礼物，于年迈的妈妈来说，如同一场隆重的恩赐。

2

从前，她预防我早恋，现在，她盼我早点遇到携手相爱的另一半；从前，我仰望她，如今，我超过了她的身高，喜欢用手揽着她的肩；从前，我不愿听她唠叨，如今，偏爱听她说话……

我是吃国光苹果长大的，喜欢它的酸酸甜甜，有妈妈的味道。甜脆可口的国光，是许多人对物质匮乏年代的记忆。

现在，水果种类繁多，个头袖珍、口味酸甜的国光苹果却少见了。它比不上个大味甜、圆润可爱的富士；也不及果肉淡黄、松脆汁多的红星。

每天一个苹果的习惯，是妈妈给我养成的。即便一天繁忙琐碎，我也不会忘记吃个苹果。它清脆汁甜的爽口，令我心旷神怡。日复一日，它便成为我不可弃的伴侣，养成了一日不离的习惯。

每天 6 点起床晨读，今天第 97 天。即便有时候，又困又累，两眼发黑，浑身乏力，也没有中途退缩。晨读的习惯，可以促使我早睡早起，形成健康的生活作息，考验了我的毅力，养成了良好的读书习惯。

一个习惯的养成需要多久？

有人说，养成一个习惯只需要坚持 21 天。21 天，不长不短。不过，有时候忙起来，杂事繁冗，间断三五日也是有的，然后再拾起……习惯某物与形成一个习惯并不是一回事。形成一个习惯所需要的时间，或许要多于 21 天。

英国伦敦大学学院教授简·沃德尔曾深入研究，研究报告表明，95% 的人养成一种习惯的时间在 18—254 天之间不等。

我有一个习惯，每天都会给妈妈打个电话，哪怕三言两语的问候，无关痛痒的几句话，让我们知道，彼此安好。

随着逐渐忙碌，匆匆忙忙一天下来，总觉得时间不够用。细想却也记不起做了什么。看一下时间，夜已深。平时这个时间，妈妈早就睡了。心想，省去了聊家常报平安的电话。

夜里 11 点，接到她的电话：到家了吗？

又问了一些家常问题，如晚饭吃了什么，有没有泡脚……才能安心地关机睡去。后来，我越来越忙，电话变得不定时，有时清晨，有时午后。一成不变的是，每晚 10 点半左右，会收到她的信息，劝我别太累，早点睡。

我每次回家，她的电话总是静悄悄的。后来我发现，因为我在她身边，她想不起开机。她的手机，每天都在等待我的声音。心心念念的人就在身边，手机便无他用。她每日以等待，不打扰的方式继续着对我的牵挂。

我辞职了。妈妈知道后，说，这样好，时间自由，可以好好休息。我说了我的想法，除了要给自己一些时间，还要拾起自己真正想做的事。她随即担忧：那样，你反而会更累。

在外面的这些年，我习惯了一切靠自己。不知不觉间，变成一个独立自主的女汉子。可每次一回到家，尤其在妈妈面前，我似乎摇身一变，变回了一个生活不能自理，凡事依靠她，照顾不好自己的废材。

我从小到大，她从不要求我怎样，她对我的信任，就像一棵岁久弥壮的大树，根深蒂固。她相信我做的每一个决定。只是挂念我，盼我健康，生活幸福。

电话里，她对我念叨：枸杞泡水，养肝明目，抗衰老，对皮肤好；没事时，按摩足三里，有助补益脾胃、消除疲劳、恢复体力；平日用嗓多，记得吃梨，生津止渴，清热润肺；每天一杯酸奶，一杯牛奶；降温，加衣，脚底保暖；天凉出门戴围巾，保护颈部，免受冷风；前天，聊起新闻说有姑娘走夜路遇害的事儿，我抢先保证，再不晚归，她才放心……

很多时候，在妈妈面前表现出的坚强，维持的体面，却总是一眼就被看穿。

在她面前，你无须功名显赫。她在意和关注的，只有你的健康平安和悲欢喜乐。

"妈妈"这一习惯的养成要用多久？也许从怀胎十月算起。当她嫁为人妻，成为人母，不再是那个了无牵挂的姑娘，从此，便倾其一生。

如今，国光苹果又回来了，还是过去的老味道。只是个头变大了，颜值变高了。我有些认不出它的样子。可光鲜的外表下，潜藏着它一步步不忘初心的蜕变，它的身后，留下了一串明灭可见、轻轻浅浅的印迹。正如我，我们，一路的成长。

妈妈，就是我们身边不引人注目却又最重要的人，常常嫌她唠叨，操太多心，很多时候跟不上节奏，甚至会对她不耐烦。却希望，时间温柔些，善待她，不要让她太快老去。想陪她看更多的风景，走更多的路，想为她多做一些事。

现在，妈妈还是像我小时候一样，叮嘱我吃好穿暖，牵挂我出门在外的安危，担心我在忙碌的同时，疏忽了身体。

从前，她预防我早恋，如今，她盼我早日找到携手今生的另一半；从前，我仰望她，如今，我超过了她的身高；从前，我不愿意听她唠叨，如今，偏爱和她说说话……

现在，我对她的担心也越来越多。

头疼脑热，身体不适，一定要告诉我；收到某些短信和电话，别相信，一定先跟我电话确认；手机里的中奖信息，不要相信，不要乱点；回到家里，房门锁好；有人敲门，确认后再开；过马路时，看好红绿灯，跟着人潮，车停稳再走……

好不容易到了能够安慰妈妈的年纪，个子追上了她，接触的新事物比她多，去过不少地方，见了不少世面。却发现陪她的时间越来越少，分给她的耐心和精力总是有限。她的脊背不如当年挺直了。

她的头发，开始变白了。她的牙齿，不敢吃又脆又硬的食物了。

我长大了，但我还是经常像小时候那样，依偎在她的身边，对她说：谢谢妈，我爱你，我需要你。

一生中最不该辜负的，是小而不凡的妈妈。

我就是那种宁愿失去，也不会主动的人

在《拆掉思维的墙》一书中，有一节讲到"等死模式与穿越模式"。

一位女士去年准备考研，结果失败，却遇到一份不错的工作。今年是考，还是不考？她担心再考不上，浪费时间；可是不考，又不安心，纠结了大半年。

这位女士去年每天大概学习4个小时，坚持3个月，考前突击一周，最后差3分。

她说，从过年到现在，半年的时间，她每天无论是上班，还是下班，都在纠结要不要考研，很是烦躁、焦虑。

花时间郁闷，是等待成本。花时间尝试，是穿越成本。

这位女士每天上下班都在为此事烦闷，那么，她用于郁闷的时间，每天按5个小时计算，一共6个月，那就是9000小时。而去年她差3分就过的考研，每天用4小时，3个月，考前突击一周（算每天20小时），成本计算如下：

穿越成本：（4h×3×30）+（20h7）= 500 h

等待成本：5h×6×30 = 900 h

等待成本几乎是穿越成本的 1.8 倍。

创业做新媒体的初期，我们遇到过一个重要的客户资源，是国内一家知名品牌。

当时公司刚起步，我们对谈下那个项目几乎没有信心。一连几天都在犹豫要不要主动联系客户。一方面担心对方嫌我们公司小，很难达成合作，不愿碰壁；另一方面，如果拖延下去，这一单肯定没戏。

想到我们为了这个项目，熬夜加班做方案，失眠、焦虑、压力痘，消耗了大量的精力、体力和心力，我们决定鼓起勇气面对挑战。

我们事先准备了几套营销方案，预设了多种可能出现的问题，包括特殊情况下的应对措施。大客户看到了我们的诚意，签订了合同。

针对这件事，结合"等死模式与穿越模式"，我计算过它的等待成本：紧张、焦虑、不安——合作失败——影响其他项目。

而穿越成本则是：轻松地面对，争取合作的可能。如果合作没达成，可以集中全力迎接新项目，不存在后悔一说。

当一个人的等待与拖延的成本远远高于他真正开始行动所需要的成本，他就会慢慢陷入越等待，越没有时间和信心的怪圈。

朋友文卿，在事业单位工作，性格热情，乐善好施，是一个不乏喜感、帅气、真诚的逗比。这样的他，在朋友中很受欢迎。可他至今形影单吊、孑然一身。

用他的话总结，感情方面比较怂，不会主动，即使遇到心仪的女孩，只要对方不表现出来，打死他都不会主动表白。

原因很简单：不知道自己在对方心里，是否重要。还有，害怕被拒绝。

可是，你不主动，她不靠近，等她和别人走了，你也就安心了。

你应该也是"宁愿错过，也不会主动"的人吧。

沈从文从1929年起，开始对张兆和展开了长达三年零九个月的漫长追求。在此期间，他为心中的姑娘写了几百封情意绵绵的情书。可以说，沈从文"顽固"地爱着张兆和，而张兆和却脱口说道："我顽固地不爱他。"

尽管如此，沈从文的情书还是一封接一封。张兆和那坚如磐石的心，终于在沈从文的文字蛊惑下，柔软了起来，接纳了他。

沈从文在情书中向自己喜欢的人示好，示爱，抒发他的感情，展示他的才华。他没有因为对方的拒绝，感觉颜面无存，他只想单纯地表达对张兆和的爱。

害怕被拒绝的人，往往想到的就是被拒绝，这是一种消极的心理暗示。

通常难以承受别人拒绝的人，往往不会自如地对别人说"不"。适当地说"不"，接受被拒绝，需要自信和勇气。不会拒绝，也不能自如地提出要求，又怕被别人拒绝的心理状态，在心理学上称"被拒敏感"。

这样的人，人际关系看起来很好，热心助人，口碑良好，不会拒绝别人的请求，甚至是麻烦。内心有苦水，只好为难自己。这是典型的死要面子活受罪。

与其浪费时间担心害怕，不如做好心理准备。与其害怕被拒绝，不如鼓起勇气，尝试改变。

无论是友情、爱情，还是工作、生活，如同你养了一盆花，你对它用心照料，到了花期，它自然会开放。如果你希望一盆花突然绽放，可能性为零。

不将"得到"作为目标，而以"心意完整地阐述"作为目的。如果成功，心情愉悦，皆大欢喜；如果失败，也算有个交代，胜过烦躁忐忑的自我折磨。

如果害怕被拒绝，闭口不言，徘徊在自己编织的障碍里，宁可错过也不主动争取，那么，得到就是一个空想。

大胆地表明心意，有 50% 的可能性会成功，要高于猜单选题的概率吧。不因为害怕被拒绝而停滞不前，被拒绝没什么可怕的。即使被拒绝，也没什么损失，平等地追求，无关面子，自尊心。

远离"三不"，说的是那些不主动、不拒绝、不负责的人。重新定义的新"三不"，男女适用。即不害怕——勇气，自信，主动权；不着急——用淡定、耐心和宽容打持久战；不要脸——拒绝条条框框，内心强大，一切以两个人幸福为基准的大无畏。

尼采说，凡不能毁灭我的，必使我强大。我说，It doesn't hurt to try.

给自己一种不受伤的力量

渡边淳一说："钝感虽然有时给人以迟钝，木讷的负面印象，但钝感力却是我们赢得美好生活的手段和智慧。"

路西昨天发来信息，情绪低落，原来她把同事得罪了。

我和路西相识多年，对她很了解。前些天，她刚和领导闹过矛盾，持续好多天，差点辞职。和室友不愉快，差点搬家。事后，她沉浸在烦恼中，一面自责自己没用，无药可救，一面忧心，说领导咄咄逼人，同事总是针对她，不愿回到宿舍，面对室友"可恶"的面目。

路西没状态工作，情绪、生活一团糟。可以想象，她继续保持这种状态的话，最后一定是以辞职收尾。

有人说路西太敏感，其实她自己也知道，她有一颗容易焦虑、不安、沮丧、易碎的玻璃心。别人一句无心的话，一件小事都会激起她内心的波动。这是超越了敏感的玻璃心，是敏感的矫情，不合时宜。

《红楼梦》第七回讲道，薛姨妈托周瑞家的到王夫人处给凤姐和各位姑娘送宫花。周瑞家的把最后两支宫花送给黛玉时，黛玉只就宝玉手中看了一看，便问道："这是单送我一个人的，还是别的姑娘们都有呢？"周瑞家的道："各位都有了，这两枝是姑娘的。"黛玉冷笑道："我就知道，别人不挑剩下的，也不给我。"

书里写的，周瑞家的是按照居住位置由近及远送的，并没有让别人挑，别人也没有挑，更不存在别人挑剩下的。

黛玉敏感多疑，情绪波动大，极易小题大做，生闷气等纷繁复杂的性格弱点，我们印象深刻。

我第一份工作是在一家社会型公益企业实习。总经理是一个长期与老公两地分居，脾气暴躁，无视下属的中年女人。研发部的小孙，比我早去公司半年。我们遇到电脑问题，或者研发课题上的疑问，都爱找他。他总是乐呵呵地放下手里的事，耐心帮忙。

急性子的总经理在一次部门会议上，因为小孙研发总结中的一个疏漏，当着全公司的面，点名训斥他，不就事论事，丝毫没留情面，有些过分。我们听着都有些愤愤不平。

谁知小孙压根没往心里去，修改了问题，一如既往地该说说，该笑笑。小孙这样的人，无论在工作中遇到挫折，还是在生活里遇到困境，基本上都会披荆斩棘，迎难而上，让心里的太阳不被生活的阴云笼罩，始终明媚在自己的天空，也从不拿别人的过错来惩罚自己的喜乐。

许多时候，小孙这样的钝感，远比路西脆弱敏感的玻璃心更有力量。与其有 360°无死角且锐利的敏感度，不如对大多数人、事、物一笑置之。这种看似迟钝的处事法则，是立足于社会，生存于当下的力量。

看到一则寓言故事：一群青蛙比赛。塔很高，大部分青蛙都不相信自己能爬上塔顶，议论纷纷，消极地对话。比赛中的青蛙，受到别人议论的影响，纷纷泄气，选择放弃。唯有一只青蛙最终登上了塔顶。后来大家发现，原来这只青蛙是一个聋子。

假如这只青蛙的听觉很敏锐，估计他爬不到塔顶。所以，钝感成就了他的好成绩。

就我自身的经历来说，也是这样。我从高中时期就爱写作，先后写了四部中篇小说，还有零零散散的短文。期间投了一些稿，却无一例外，遭到退稿。加上身边没有人看好写作这条路的发展，受到挫折，就搁浅了写作，没有继续坚持。我自然无缘体会成功的喜悦。如果当时的我，懂得"青蛙的钝感"，潜心学习，并坚持写下去，或许会有不同的收获。

现在我能深刻了解"没有比那种多少有些才华，但自尊心过强的家伙，更令人担忧"是一种怎样的体验。

无论是生活在柴米油盐中的夫妻，还是处于恋爱中的男女朋友，学会"迟钝"地对待对方，会让相处更轻松自在，这也是持续幸福的能力。

别总是在他拖地的时候，你在一旁说这儿没擦干净，那儿没拖干净；当他洗碗的时候，你在他耳边，不是水龙头开得太大，就是不要用洗洁精，或者泡沫要冲洗干净；别总盯着他从中间挤牙膏，提醒他吃饭不要出声……这些不会影响生活的细节，别太在意。倒不如闭上眼睛，敷一张面膜，视而不见。

钝感不等于愚钝，是一种洒脱的大智慧。拥有"迟钝力量"的人，一定内心足够坚定，不与自己过不去，也不易被外界干扰，有为人处世的明智，更容易奋起向上，求得内心的平衡与和谐，获得成功。

美国作家路易莎·梅·奥尔科在《小妇人》——"乔遇上了恶魔"章节中，有一段对话，我印象深刻：

"您有脾气，妈妈？ 您从来都不生气啊！"乔惊讶得暂时忘掉了悔恨。

四个女孩的妈妈说道："我努力改了四十年，现在才刚刚控制住。我过去几乎每天都生气，乔，但我学会了不把它表露出来；我还希望学会不把它感觉出来，虽然可能又得花上四十年的工夫。"

不被琐事打败，不受外在干扰，是我们需要具备的重要的力量。

正如林肯所说："多半的人是可以决定自己要有多快乐。"

凡事看得过重，自寻烦恼的时代，早该结束了。

拥有钝感力，你要具备：

1. 迅速忘掉不愉快的事情。
2. 认准目标，即使失败，也要继续挑战。
3. 坦然面对流言和打击。
4. 对嫉妒讽刺常怀感恩，不计较。
5. 面对表扬，不得寸进尺，不得意忘形。

很高兴认识你，因为你，那段记忆有了色彩

　　时间并没有带走什么，时间却改变了太多。你是不是也同我一样，不曾忘记那些年，我们一起度过的快乐时光。很高兴，认识你，因为你，那段记忆有了色彩。

1

七岁那年，我家搬进了胡同。

它的纵向是一条笔直的小路，两旁是一排排红瓦灰墙的矮房，每排四户人家。

街坊四邻热情友善。每天傍晚，家家户户房顶的烟囱里冒出烧火做饭的炊烟，画面很温馨。谁家做了什么好吃的，大人一定会让家中的小孩给邻家端去一碗。

邻居赵家开了一间小卖店。每天过了早饭时间，陆续有人来买东西。无所事事的大人，凑一桌麻将，另一桌打扑克牌。每个人的嘴巴里都叼着一根烟，烟灰落在牌桌上，屋子里萦绕着呛人的浓烟，刺鼻，又辣眼。

那时候，我几乎一整天，都和赵航一起玩。到点了，我们齐刷

刷地坐在小卖店的沙发上看动画片。他总是趁大人不注意，溜进柜台，偷拿零食。辣条，儿时的最爱！那时候一毛钱一片，不舍得吃，吃完还要很认真的把每根手指嗒一遍。赵航轻车熟路地从汽水箱里抽出两瓶汽水，用瓶起子"吱"地一声撬开瓶盖。瓶盖扔给我，"哇，再来一瓶！"我美滋滋地揣进兜里。辣条和汽水，配上动画片，别提有多美。

赵航妈妈是一个既有风韵，又有精气神的女人。尤其是她后来剪了短发，整个人看上去干练精致。只可惜，她脸上有四道长长的刀疤。

我们刚搬来，她正在院子里晾衣服，和她打照面的时候，我不禁心里一颤。后来，她云淡风轻地吐着烟，和我妈讲那几道刀疤的来历。她经常大半夜去找在别人家打麻将，夜不归宿的赵航爸，有一次，在胡同口被一个陌生男人挥刀砍伤。那时候，他们刚结婚没多久。

自那以后，我妈告诉我晚上不要出门。夜晚的胡同，也给我留下了一个披头散发的疯男人，挥舞片刀的可怕阴影。

2

窝在沙发上吃零食，喝汽水，嚼冰棒，赵爷爷佝偻着背，从我们跟前走过，打趣我们是"小两口"。他和赵航说，长大以后娶我，我就是赵家的"孙媳儿"。我总是不好意思地嘿嘿一笑，继续玩。赵奶奶过年给我压岁钱，她说，你亲奶奶又不在身边，我就是你的奶奶。我回家告诉妈妈，她很感动。我小时候，虽然好玩淘气，但也懂事，会说话，左邻右舍的叔叔阿姨，都挺喜欢我。

小学是在最好的实验学校上的，赵航小我几个月，晚入学一年，比我低一年级。

我们上学，结伴同行。放学了，他在班级门口等慢吞吞的我。轮到我值日，他会帮我一起打扫。偶尔遇上坏天气，赵叔会开着三轮车接送我们。

我脑袋笨，不过成绩还可以。赵航聪明，却不爱学习。因为学习，他没少挨打。上学时，我不喜欢班上混日子不学习的同学，尤其是成绩差，爱捣乱的男生。但我一点都不讨厌赵航，他不学习，我反而为他着急。

3

那年，赵航的小姑夫在航空公司因事故身亡，爷爷奶奶飞去上海陪小姑生活了。老人家不在，小卖店里更是乌烟瘴气，大人顾不上给他做饭，他拿着零食来我家写作业，吃晚饭。

有一天，他一脸得意地从兜里掏出一百块钱。

我问他："哪来这么多钱？"

他满不在乎地说："从我爸包里拿的，谁让他们不给我做饭。走，我请你去吃刀削面。"我不想花他偷来的钱，要他还回去。

他笑了笑，说："他们只会打麻将，哪顾得上这。我爷买了你家的房子，你就要搬走了。这没准是咱俩吃的最后一顿饭，你就给个面子。"

听他这么一说，我才意识到，就要分别了。眼睛湿润了，难过得有些透不过气。

那碗刀削面真好吃，那种特殊的味道，我以后再也没吃到过。

那年春天，我们一家离开了胡同，搬进楼房。赵爷爷买了我们的房子，他和奶奶说，想有个养老的窝。

那天，爸爸提前来学校把我接到楼房的新家，没来得及和赵航告别。我站在教学楼的走廊向外看，赵航站在排头，挺胸抬头，阳光下的他，瘦小的像根豆芽菜，让人心疼。

我们俩的友谊从童年走到了少年，一走便是六年。

4

初中我去了家附近的九中。

赵航刚上初中，他爸妈就离婚了。阿姨只身一人离开了，赵航跟他爸过。小卖店关了，爷爷的身体大不如从前。

再见赵航，他变了样。

赵航辍学进了一家理发店做学徒，期间到学校找过我一次。他骑着变速自行车，满头碎发，染得金黄。个子高了，还是瘦瘦的。

我愣在原地，看着满头黄毛的他，怎么看都不像好孩子。他笑："你懂什么，现在很流行。我现在赚钱了，你想吃啥，我请你。"

那家刀削面馆还在，只是老板换了，屋里的摆设翻新了，面的味道也变了。不知是我们长大了，还是面的分量缩小了，我们吃完，又各要了一碗。

我们有一句没一句地聊着天，却不再像从前，没心没肺地大笑。

他说，他妈妈离家两年多了，杳无音讯。爷爷年初的时候，因癌症去世。说着，他的眼泪就流出来了，我也哭了。初秋的校园很安静，夕阳的余晖洒在身上，却一点也不暖。我轻轻地拍着他的肩膀，对他说，"你还有我。以后你来我家吃饭"。低垂的头发遮住了他的眼，强忍的眼泪扑簌地滴落。

我上高中，赵航去了上海一家美发店。我们偶尔会发短信。

高三，我浸泡在似乎永远都做不完的题海里。赵航已经是店里的师傅，交了女朋友。

大三那年，他来我上学的城市看我。来之前没打招呼，来的当晚，我正赶上审排系里的汇报演出，没去接他。他说："没关系，已经安顿好了。"第二天中午，我匆忙抽出时间，在学校附近和他吃饭、叙旧。他说："我来到你生活学习的城市，看到你很好，这就够了。"后来，我们再也没见过。

前些天，收拾旧物，翻到那张 20 年前的照片。赵阿姨带着我和赵航，在公园花坛前拍照。我俩一左一右，站在阿姨身边。那时候的赵航，正在换牙，张嘴笑起来，露出一个洞。

尘封的记忆，儿时的玩伴，回不去的旧时光，依稀浮现。

别让生活，败给"太舒服"

你心中有梦，可梦想有门，当这扇门紧闭，或距离还很远的时候，你的梦想可能会被无限拖延。其实，实现梦想的路径有很多，并不是只有大门可以走。你可以破窗而入，破墙而入。总之，你可以想各种办法突破眼前的困境，为实现梦想找个最合适的方式。

1

我曾经在一家互动广告公司做 HR，公司那会儿正在为李总招聘助理。我们公司相较于同城同行业的薪资水平，有一定优势。福利待遇还可以，工作时间弹性，企业比较人性化。

李总为人谦和，但在工作中，他的要求不低，甚至很多时候，他的高要求会让人感觉不舒服。

比如，要对市场营销有深刻的认知，有较强的市场感知能力，能够敏锐地把握市场动态；熟悉媒体推广及营销；有一定的英语听、说、读、写能力，即使不具备，也要有学习力；要具备沟通、策划、应变、组织、洞察能力；会议结束要立刻将整理无误的会议记录发送给各部门并抄送给他；对于资料库里的数据，当他需要时，要准确地脱口而出；他讨厌拖延，当日事，必须当日毕……

数月过去，我们一直没有招到合适的人。期间有几个符合要求的应聘者上岗，但都没干多久，就离开了。

部门 HR 经理说："这是一个关键岗位，不仅需要专业的职业素养，理论知识，还要具备不断地更新知识体系的学习能力。很多人宁愿选择工资低一点，没那么高强度，又不需要不断学习的工作。"

但是，"钱多事少离家近，位高权重责任轻，睡觉睡到自然醒，数钱数到手抽筋"这样爽到爆表的差事，存在吗？抱着这样的想法，不付出，哪来的收获？

在这个挑战舒适区的过程中，你不一定能赚到多少钱，不一定是成长最快的，但你一定是收获最大的。你不仅学到了很多职场经验，还懂得了如何规划自己的职业生涯，掌握了人际交往的艺术。这对你未来漫长的职业生涯，是无价的。

没有人真正享受"不舒服"的感觉。但是，当你在艰难中摸爬滚打，熬过去以后，你会发现，你在挑战舒适区中成长了。

为什么说"熬"，因为普通人承受不了的委屈，你得承受；普通人需要别人理解、安慰、鼓励，你没有；普通人用对抗、消极、指责来发泄情绪，但你必须看到爱和光，在任何事情上学会转化、消化；普通人需要一个肩膀，在脆弱的时候靠一靠，而你就是别人依靠的肩膀。

2

我曾经切身经历过一段"神仙般"的舒服日子。

住在单位朝阳大房间，单位提供三餐，上班工作量不饱和，下班除了看电影，就是看话剧。周末不是和朋友约了吃喝逛街，就是宅在家里睡得昏天又暗地。

给我打击最大的，是那年夏天班长来北京，我们的同学聚会。我发现，有同学开着自己阔气的跑车，结束后顺路载了几个同学；有同学一边给老板打工，一边创业开公司，自己的公司流水账一年五六百万元；有同学已经给自己买了房；有同学和老公筑起了爱巢……

而我，昏昏沉沉的那段时光，回馈给自己的就是：犹如井底之蛙一般，退步得一塌糊涂。而奋起直追，需要付出的努力和时间要多得多。

这是一种对自己既不负责，又挥霍青春的态度，它带来的不是"舒服"，是现实给不思进取的一记重棒。

3

张可从小就有一个梦想，成为一名优秀的摄影师。高考时，他想报考北京电影学院摄影系，苦于学费高昂，家中经济拮据，只好忍痛割舍。

几年前，张可在一家商务会馆做业务，仍心心念念他的摄影梦。会馆的工作作息是：上 24 小时，休 24 小时。

休息日的头半天，他在宿舍睡觉，然后去西餐厅做服务生。他当时的收入加起来四千多块，除去租房、生活费，每月拿出一部分钱寄给老家的父亲，能攒下一千多。按照每个月一千块的存款速度，一年一万多，一时半会也攒不够进修学习的费用。

梦想对他来说，似乎遥不可及。

后来，张可转变了思路，辞去了西餐厅的工作。他主动将自己多年来的心愿说与会馆领导。领导通情达理，而张可工作勤恳，待人真诚，深得人心。很支持他的追梦计划，不仅为他调整了上班作息时间，还给他微调了薪资。这样，张可每周连续上五个12小时的白班，然后连休两天。

他用每周两天的休息时间，白天到处找剧组。剧组拍摄，不仅专业，还是现场实操，他迫切地希望能寻得这样一份近距离学习的机会。晚上回去，他会给一些在线网络公司投简历，在网站上听一些摄影人士分享、交流摄影方面的知识和技能。

后来经一个大学学长介绍，张可辗转进了一个红色经典系列电视剧剧组。他高兴坏了，请那位学长吃了好几次饭。

在摄制组人手不够时，张可帮忙给大伙订盒饭。他能吃苦，脏活累活不在话下，也不计较。给摄影老师当助理的时候，他会帮忙扛设备，摆机位。剧组拍摄的时候，他在一旁认真地学习揣摩。就这样一边在会馆上班，一边在剧组"实习"，放弃了所有的休息时间。

当年的摄影师成为他的良师，将多年来积攒的经验传授给他。他们经常把酒言欢，探讨摄影方面的问题。如今，张可成立了自己的影视公司。

比起在老家守着父辈留下的房产和几亩田地，实现梦想的折腾才是他必不可少的人生经历。追求梦想的路，怎么可能舒舒服服。

4

短片"死亡爬行"给了我很大触动（死亡爬行，即队员仅用双手和脚尖接触地面，膝盖保持离开地面，负重向前爬行）。起初，队员布洛克的态度很消极，他表示对手实力强大，很难战胜。

教练喊他出列，用手巾蒙上了布洛克的眼睛，让他背上体重160磅（72公斤）的队友进行"死亡爬行"训练。

在这个负重爬行的过程中，他的教练喊了13次"对了，就是这样"，喊了15次"加油"，喊了23次"别放弃"，喊了13次"不要停"，喊了48次"继续……"

一个足球场的长度是100米（约110码），布洛克在教练的鼓励下，做到了他的极限，完成了全程。

没有压力，你永远不知道自己能有多少潜力；没有自信，你永远不知道自己能走多远。

一个人不成功是因为没有目标，没有梦想，没有自信，没有人指引方向，不知道自己的潜能有多大。无论客观因素怎样，主观上，永远不要自我设限，不要沉迷在舒适区。"太舒服"让你永远无法看到自身远远超乎想象的能量。你的梦想，可能会被无限拖延。

5

你心中有梦，可梦想有门，当这扇门紧闭，或距离还很远的时候，你的梦想可能会被无限拖延。其实，实现梦想的路径有很多，并不是只有大门可以走。你可以破窗而入，破墙而入。总之，你可以想各种办法突破眼前的困境，为实现梦想找个最合适的方式。

——这个过程，舒服吗？

——不舒服就对了，舒服是留给死人的，伟大都是熬出来的。

命好，不过是用那些年的努力，换来现在的惬意

> 低谷不可怕，苦难是最好的老师。苦难面前，我们需要的只是一点勇气和不放弃，心态好，命才能好。

1

表姐去年生了二胎，大女儿上小学一年级，活泼、乖巧、懂事，是个贴心小棉袄。小女儿一岁半，不闹，特别爱笑。表姐夫和朋友创办了一家技术公司。他们去年在通州换了一套240平方米的别墅。

表姐的日常生活充实，带娃、瑜伽、插花、茶艺，样样热爱。孩子不睡觉的时候，家里放着轻音乐，泡泡茶，看看书，那叫一个惬意。她不用为一日三餐发愁，家里有保姆阿姨，负责一家老小的饮食搭配。她也从来不用担心婆媳关系，公婆住在西安老家，日子怡然自乐。

她还会变废为宝。矿泉水瓶经她的巧手，打造成带着花边的盆栽器皿；卫生纸用完的卷筒，在她和女儿的画笔下，变成了文艺的彩色笔筒；压箱底的过时牛仔，改造成包包，或是布袋，创造了新的价值，变成时尚元素。

周末，他们一家四口去公园，去爬山，或者开车去公婆家，陪老人住几天。

表姐是我们众姐妹中公认的"好命"女人，也是我看齐的榜样。她的生活方式和状态，值得我学习。

其实，表姐原本的生活，是另一番辛酸难熬的景象。

表姐的父亲是矿山的技术人员，因为当年超生被罚，工作上一直限制他的发展。表姐有一个弟弟，母亲是家庭主妇。

表姐上学时成绩非常好，她不算聪明，但是很用功。即便在嘈杂的环境中学习，也不会受到外界的干扰。表姐不算漂亮，但是很耐看，性情稳定，待人随和。中考考上了省重点高中，高考考上了北京 985 名校。

八年前，在北京狭小、拥挤、密不透气的地下室里，挺着大肚子的表姐和只有一份兼职工作的表姐夫，就生活在那里。

那时候，她不顾家人的反对，坚持和个子不高，长相普通，没有稳定工作，没有固定收入的表姐夫结婚。

表姐是老师，刚参加工作的时候，每月工资微薄。怀孕第八个月，她还是每天坐公交车往返上下班，没有任何怨言。表姐夫做程序开发，通过朋友介绍，积累了一些客户资源，会接一些私活。

考虑到孩子即将出生，婆婆过来帮忙，居住环境实在困窘，他们二人咬牙拿出积蓄，租了一间一室一厅的板楼。女儿出生后，他们的生活更是捉襟见肘。

没过多久，表姐的婆婆查出了食道癌。那时的日子，艰难得几乎过不下去。

表姐要帮忙照顾生病的婆婆，成了背奶妈妈。表姐的母亲放下家里一摊子事，过来帮忙照看外孙女。

原本生活就困难，女儿出生，婆婆生病，压力这座大山死死地压在他们身上。

表姐和姐夫协商看护时间，表姐白天没课就来医院，晚上做家教，写文章，稿子投给固定的杂志社或专栏。那时候，稿费高达六七百，是不错的外快收入。

常常在深夜，难得沉静下来，表姐为了多争取一些备课和写作的时间，常常是一边给孩子喂奶，一边写作。很多时候，看着小不点安静地睡在怀里，她就更有了斗志。

幸运的是，表姐婆婆的病情发现及时，是早中期。经过手术、放疗、化疗，辅助中医治疗，加上老人乐观的心态，病情得到了控制。

我们欣慰的是，表姐拼尽全力努力的同时，表姐夫也铆足了干劲。他和几个朋友合伙开了一家网络公司。

表姐夫现在公司的管理和发展都走上了正轨，每年能够持续盈利。表姐夫常说，那些年，表姐为这个家做出的牺牲一直是鞭策他的动力。

当年日子那样难，但他们一直坚信：只要两个人齐心协力，任何强大的敌人，任何困难，都会投降。

是啊，俗话说：夫妻同心，其利断金。多年的苦日子没有白过。他们现在过上了像样的生活。

顺风顺水的生活，从来都不会平白无故地送给你。手捧那本难念的经，经历背后的辛酸，再苦再累再难都不放弃的信念，才是"命好"的资本。

2

零壹城市建筑事务所创始人阮昊，大学时学的专业是建筑设计。

在一次设计课程上，老师要求设计一栋住宅楼。他把非常规的设计理念告诉老师后，老师摇了摇头，表示他如果这样做，可能不会及格。

他没有被老师的话吓到，坚持自己创意的想法。他查找各类资料，在一个多月的时间里，每天熬夜做设计。最后，他的设计不仅让人眼前一亮，还符合所有规范。他毫无意外地拿到了那次设计课程的最高分。

大四暑假，他通过向几个外国设计师自荐，得到了协助外国人设计中国美术馆的免费实习机会。

等他准备回国时，团队已经离不开他了。老板便任命他为中国区项目负责人。后来，他成立了建筑设计事务所。

2012 年，他的团队参与竞标浙江一所小学的设计规划。这所小学要容纳 3600 名学生，可建筑面积仅有 7100 平方米，相当于一个标准的足球场的面积。学校被居民楼包围，如果按要求修建一个传统的 200 米跑道的操场，那么教学楼将变得非常局促。这意味着学校可能要失去跑道和操场。

如果不建跑道呢？阮昊说：我把自己想象成一个小学生。如果学校里没有操场，我一定很痛苦。建筑最终要服务于使用它的人，如果一个设计没有情感，就不能给人带来快乐。

考虑到学校狭小的建筑用地面积，学生对操场、跑道的需求，几日几夜后，他的灵感来了。

当他把方案呈现在校方和评委面前时，震惊了所有人。将教学楼设计成环形，跑道建在教学楼顶，这样不仅解决了用地面积小的问题，还保住了学校的操场和跑道。

"我觉得，我们应该去捍卫3600个孩子在蓝天下奔跑的权利。"他的这句话打动了校方和评委，竞标方案胜出。捍卫孩子们在蓝天下奔跑的权利，我对此印象深刻。

随之而来的是一系列质疑。资深建筑专家甚至在他的图纸上画了一个大大的叉，旁边写着"不可行"三个大字。就如当年大学里说他的设计可能不会及格的老师。

即便重压之下，他也没被压倒，反而斗志满满。解决了一个又一个棘手的问题。即使在设计费用不足的情况下，他坦言，即使倒贴设计费，也要坚持完成。因为中国还有很多城市存在类似问题，只有有人做出来了，人们才觉得可行。

阮昊和团队创作设计的"天台赤城第二小学"，是国内首例拥有环形跑道屋顶的小学，也成为了全国主流媒体头条争相报道的建筑设计。

"浙江天台县小学因用地不足而在教学楼楼顶设计200米环形跑道"的新闻成为全国热点，阮昊和零壹城市建筑事务所因此被人熟知。

有人说阮昊幸运，命好，一个项目就功成名就了。其实，哪有人能随随便便成功呢？他只不过是比一般人有想法，能坚持，敢于挑战常规，面对质疑，用实际行动去证明。倘若在别人给予否定时认怂，那他只能和后面人生的精彩失之交臂。

"不是井里没有水，而是挖得不够深；不是成功来得慢，而是放弃得太快。"我们只看到了别人光鲜亮丽的生活，却忽略了他做过的种种努力。

命好，不是靠父母，也不是靠奇迹，靠的是轨迹。命好，不过是用那些年的坚持和努力，换来现在的惬意。

你连自己都不爱，难怪没人爱

一个人懂得如何爱自己，具备爱的能力，才能更好地爱别人。爱自己，是一场修行，是终身浪漫的开始。

1

前天我约见了一个专栏作家，她有让人羡慕的高学历，高情商。她理性好强，头脑灵活，文笔斐然，是一个令人仰慕的知性女子。

我们聊到感情的话题，她说，她曾经为了讨好爱人，把自己变得狼狈黯淡，抛弃了自我，失去过尊严。

那个男人是一个电台编导，很会处理社会关系，家里家外两副模样。她忍受过爱人的喜新厌旧，对她非打即骂的伤害。直到现在，回忆起来，仍心存芥蒂。

经过一段伤痕累累的心路，自己疗伤，舔舐伤口，好不容易整理好心情，准备一个人重新出发的时候，那个人突然回来了，一副痛改前非的模样。浪子回头，这不正是她无数次幻想过的吗？

她忘了自己受过的委屈，选择了原谅。过去的她，害怕重新开始，去重新遇见。从头了解一个未知的人，那个人还不一定比得上眼前的这个人。所以，她再次将伤害自己的机会，拱手递给了别人。

那个男人一周回来两三次，于她而言，就像恩赐一般。她小心翼翼地做他爱吃的菜，精心地穿着打扮，为的是他多看自己几眼。他不再回来的日子，她坐在不开灯的房间里，以泪洗面。那是她第一次真正地痛下决心，不再允许自己委曲求全，死守那段苟延残喘的关系。

为了不值得的男人尽心尽力，倾其所有，财物被骗，肉体被打，还自我宽慰，为对方开脱。自欺欺人地告诉自己：他只是压力太大，需要出口；他不是经常这样，他还爱我……

伤害自己的人，在傻女人的一番自我安慰中，变成了无辜的可以原谅的正人君子。有句话说得不无道理："吃得苦中苦，方为蠢女人。"

作家刘黎儿认为，中国人喜欢说"劝合不劝离"，觉得分手一定是负面的。被根深蒂固的封建思想侵蚀，想尽量维持，忍受，尽管已经残缺不全的局面。但是，也有句老话叫"舍得"，勉强维持变质的关系，对双方都不健康。其实分手和相爱，一样重要。

女人的悲剧来自于心甘情愿地留在一个对你不好的男人身边，自欺欺人地等待浪子回头。爱到失去自己，爱到没有底线，是对自己的极大不负责。这样的爱，不及格。

2

有一位读者朋友，她习惯在后台给我留言。从她的留言中，我可以感受到她近日的情绪变化。

其实，大多数时候，看着她伤感的文字，我能想象到手机另一端的她，心里有多难过。还有她那双哭红的眼睛，一边打字，一边又湿润了。

她说："还有两天，就到了我向自己保证，给他最后一次机会的期限了。"

"这段感情，我太累了，身心疲惫。我知道，这个期限是我的一厢情愿，我只是希望能够给自己一个交代。"

"我曾经以为，只要用心爱，不介意自己多卑微，他感受得到，只要他高兴。"

"我不想再等了，最后 48 小时过去，如果他还不出现，我就彻底放弃。从头开始，好好生活，爱自己。"

无论什么食品，过了保质期，都不允许销售，会滋生细菌、霉菌，吃了对健康不利；票据过期，便没有使用权限，无论你有什么理由；证件过期，需要提前更换，不然影响信用、日常出行；承诺过了期限，就没有存在的意义；可是，过期的感情，怎么就那么难割舍呢？

结束一段无意义的关系，为什么要设置一个期限？

开始新的生活，爱自己，为什么要等 48 小时以后？

作者诺曼·莱特在《分手疗伤手册》中告诉我们，以下这两个念头浮现在脑海时，就该挥剑斩情丝了：

1. 你想脱离这段关系的念头比维持关系更强烈；

2. 双方都想脱离关系，而不愿下功夫改善关系。尤其当关系中出现暴力、限制行动、相互伤害时，更应该当机立断地分手。

即使你苦苦挣扎想改善糟糕的关系，但往往越执着，就越僵化，注定失败。如果亲密关系生了病，与其相互折磨，爽快分手反而是一贴良药。最怕走不下去又不承认，逃避、劈腿、玩失踪、自我安慰，这种折磨带来的伤害，不是更大吗？

3

生活中，通过自我伤害的行为，来博取关注和同情，也不罕见。

她说自己神经衰弱，经常性失眠、头疼、乏力，因为眩晕，甚至不敢出门……即使这样，她还是没有得到丈夫的一丝关心，冷漠依旧。

她故意淋雨，感冒发烧，丈夫请假陪她去输液；她炒菜的时候，烫伤手，他紧张地为她抹药；天气降温，她穿着单薄闹出走……起初，这些伎俩屡试不爽，看到丈夫紧张的样子，她开心，证实了自己在他心中的分量。

可是，自我伤害的行为就像蔓延的野草，一点点升级，变得疯狂。丈夫麻木了，受够了，对她越发冷淡，有家不回。

男人难忍妻子对待感情的偏激，曾提出离婚。她为了挽救婚姻，不惜用刀割破手腕来挽回爱人。手臂上多条被刀划过的伤痕，清晰可见。

这是我曾经教过的学生M的父母。M的母亲总说她为了这个家，牺牲了一辈子。她的母亲在M十四岁的时候，选择喝药自杀。十八岁的M面无表情地说，她的母亲没有保留地爱到迷失自我，最后送走了自己的生命。在她看来，这很丢人，太不值。她说，她感念母亲的养育之恩，但她也深深地为母亲无知的情感绑架和愚昧的做法感到悲哀。

失去爱，暴饮暴食，邋里邋遢，把自己关在屋子里不见人。熬夜酗酒，无心工作，不吃不喝，靠伤害来折磨自己，无非是想证明，没有他，你生不如死。

爱会让人思考，也会让人愚昧，用自我伤害来博取同情，不是爱，是病态。

当你不爱自己，不能正确地认识自己的时候，一味地高喊为别人而活，自顾自地成了爱情的乞丐，你不会认识爱，遇见爱。先学会爱自己，树立自己的尊严，然后学习如何爱人，经营亲密关系。

放过自己，爱自己。

中国式反逼婚：无爱的婚姻，请走开

为什么目的并不矛盾的父母和我们，却成了交战双方？很多时候，"为你好"这句情感绑架，不及看似敷衍的"随你吧"让人欢喜。

朋友和对她逼婚的父母吵了一架。

因为她和没什么主见，没有感觉的相亲对象提分手，和看了照片还没见面，感觉不顺眼的相亲对象不了了之。因为她拒绝了一个追求者，父母说她铁石心肠，要求她和对方先交往再说。

因为她二十八岁的年纪……

她的父母自有一套"道理"：过了三十嫁人难，嫁了人生孩子难，生孩子顺产难，顺产还难保不生出来个怪胎，婚恋一事不趁早，拖拖拉拉被挑剔，就成了老姑娘。

朋友爱好广泛，跑步健身，经济独立，上得厅堂，下得厨房。每天淡妆，装束得体，颜值对得起观众。

朋友并非不婚主义，只是渴望高质量的婚姻。她害怕没来得及遇见爱情，就迈进了半死不活的婚姻。

朋友的妈妈掷地有声地撂下一句："无论如何，今年结婚！"

她的父母自从前年起，看着别人家的孩子陆陆续续地成家生娃，开始马不停蹄地催她跟上步伐。而她，还没遇到那个人。她决心一定要遇到那个值得她这么做的人。

《艾玛》中说："我衣食无忧，生活充实，既然情愫未到，又何必改变现状呢？不用担心，我会成为一个富有的老姑娘，只有穷困潦倒的老姑娘，才会成为大家的笑柄。"

温先生在感情方面一直没遇到合适的人。工作还好，过了而立之年，除了父母催，家里亲戚更是上心，轮番介绍相亲对象。他现在最怕的是过年回家。在城市不觉得怎样，可回到家乡就不同了，三十岁没对象，小镇的人都觉得不可思议。

近两年回家，也很少出门。他不想见亲戚朋友，左邻右舍。温先生的父亲前些天因为他的个人问题一夜没睡，母亲也哭了。别人异样的目光和闲言碎语，他不在意，但是父母为此抬不起头。他愧疚的是，自己单身，却要父母陪他一起面对这些刺痛。温先生看着父母的样子，既心疼，又自责。他说，在这种情势下，他想妥协了。即使没有爱的婚姻，也可能接受。

在中国式家族中，我们似乎活在一个"被催生"的环境里。催着找工作，催着谈恋爱，催着结婚，催着生一胎，生二胎。不结婚就等于"变态"，结了婚不生小孩则被视为"现行反革命"。只要没有按照这条传统路线走，就成了异类、公害、有问题的人，父母双亲为此落泪，夜不能寐。

但是，谁规定26岁必须恋爱，28岁必须结婚，30岁必须生子？

人生不是只有结婚一件事，结婚也不是人生中的一件小事。如果你不为自己负责，谁能为你负责？

每个人都应该对自己的人生负责。你过得好，才能恩泽旁人。你的幸福不是谁都可以押在赌桌上的筹码，除非你自己心甘情愿。一旦成为输家，只有你自己承担。如果你为了安抚家人，仓促成婚，这样的风险很少有圆满的收场。

你要等，你要找，你要行动，你要强大，把自己折腾好了，那个与你匹配的人，说不准什么时候就出现了。就算还没有遇到，你遇见了努力变好的自己。

很多人到了 30 岁、35 岁，依然没有结婚。有的人是因为没有遇到，有的人是因为习惯了一个人生活。有的人是因为被要求上得了厅堂，下得了厨房，挤得上公交，打得过流氓，不仅能挣钱照顾家，还得处理好婆媳姑嫂关系，所以宁愿一个人。如果没有遇到合适的对象，却为了满足父母亲戚的那句"为你好"，被逼着搭伙凑对，极有可能在没有共鸣的婚姻里经受长久的身心折磨。

没有恋爱的单身男女，就像自愿失业与非自愿失业一样，也分自愿单身和非自愿单身。比如，我不会为了一根牛肉香肠，杀掉一头牛，这是典型的自愿单身者的发声。

不恋爱，不等于不想恋爱不会恋爱，而是不想随便恋爱。不结婚，不等于不想结婚不会结婚，而是不想随便结婚。

两个人生活是一种生活方式，一个人生活也是一种生活方式，并不是两个人的生活就一定比一个人好，也不是一个人的生活就比两个人好。这不是谁比谁好的问题，而是适合不适合的问题。

只要你觉得一个人挺好，就可以，你能为自己的错误付费，为自己的选择买单，只要你觉得好，那就好。

当然，我希望未婚的你，理解父母，他们着急、担心很正常。只是，婚姻不能为了让谁满意而去做。

他们说我们心浮气躁，说我们冲动挑剔不听话，却不见得在某些事情上比我们沉着冷静。不能因为我们没有对象，没有结婚，就成为众矢之的。这件事，急不来。

因为这一点儿也不丢人，我们有自己的想法，有自己的判断，我们需要他们的理解和支持，而不是气急败坏地催促，声泪俱下地叹息。我们会让他们看到，我们活得足够好。

和一个彼此懂得的人扶持，经历风雨，做彼此的拐杖，望远镜，加油站。和一个让你心安的人在一起，每天睁开眼睛，就会发自内心的微笑。就像一条船缓缓靠岸，一只鸟收了翅膀，落在树上栖息。

我希望你，不是"被结婚"，而是遵从自己的心。在反逼婚的道路上，多我一个不多，少我一个不行，走到哪算哪，碰到谁再说。

来日方长并不长，转身就是天各一方

1

过年，人们都高高兴兴地回家陪家人了。

有人欢天喜地，有人在生闷气。好不容易把孩子盼回来，却个个和手机最亲，爱不释手。

老妈说话，孩子有一搭没一搭地回应。她面色沮丧，自言自语：孩子长大了，以前叽叽喳喳，有说不完的话，现在只知低头玩手机，都没话说了。

老爸张罗了一桌好饭。无奈地给自己做了"一件新衣"。年夜饭时，他穿上了一件大大的手机壳，露出苍老的脑袋。他说，这样你们就能多看我几眼。这是《爸爸的新衣》，老人的心里话，道出了多少家庭的真实写照。

"明年还是别回来了，折腾那么久，不过是换个地方玩手机。"老妈在连续对你嘘寒问暖，得到多次敷衍后，心塞地说。

你把手机揣进兜里，赶忙赔笑脸，"我在群里抢红包呢。"

你陪着说了几句话，起身走进卧室，继续玩手机。

上次你给老爸买了智能手机，他想学微信，这样不仅能和你一起抢红包，等你离家，还可以和你视频通话。

你却失去耐心，指责他，"怎么这么笨！"

老爸讪讪地说，"这么麻烦，我还是不学了。"

老人做了一桌子菜，时钟嘀嗒嘀嗒，等待空荡荡的房间，被儿女的欢声笑语填满。但是，打破那深海一般寂静的，却是一个个电话。儿女先后告诉她，工作忙，有应酬，不回来吃饭了。老人坐在空寂的房间，喃喃自语："都忙，忙点儿好。"

父母年迈，学习新事物，需要多一些耐心，多一些时间。

家人不在朋友圈，放下手机，给他们一些时间，一些切实的陪伴。

我们的世界越来越大，可我们在父母世界里的位置，却从来没有改变过。

我们帮助父母去接触新事物，感受更多的生命，不仅是帮助他们的自我实现，也是为我们自己交出一份可心的答卷。

2

春节自救指南的吐槽之风胜于往年。不知道的人还以为，我们过个年，和亲戚们相见，真成了一场无硝烟，有隐形利剑的厮杀大战。

看了大快人心的"应敌"攻略，作为一个明智、走心、有想法的文艺青年，前些天和我那个平时疏于沟通，已经工作的侄女相见，我也在想，怎么说话，才不会被划分到敌对行列。

有没有男朋友？

工作有什么想法？

薪资待遇如何？

……

我们在一代一代传承，拒绝长辈的善意。

假如这样，就被定义为怀揣着冷眼与恶意，管闲事。我觉得，比窦娥还冤。

这好比，你知道对方身体不好，还是免不了会问候：近来身体如何？对方横眉冷目：你明知故问！情理一样。

也许人家只是随口一问，客套一下，没恶意。无须抗拒那些无意中伤到你的话，如果你以生动的语言和形象的神态怼回去，虽然保护了自我，没吃亏，但明言暗语，夹枪带棒，有失身份，没必要。

横竖跟你没有一点关系的人，才不会过问你。一家人聚到一起，话题无非是婚恋、工作、学习、生活，各个方面。

因为我们越来越缺少一个合适的，能让两代人产生共鸣的团圆方式。

长大以后的我们，很少对父母、长辈亲昵，他们也很少会主动表达。但在生活上，他们会指点，会关心。这就是中国长辈对孩子表达关爱的一种方式，也是他们认为的责任和义务。

对于亲戚，平时不生活在一起，接触的人、事、物不在同一层面，没有共同语言，他不知道你"哪壶提不得"，绞尽脑汁也难说出和你产生共鸣、有建设性的话题。

当然，如果真遇到难缠的，一句话应付了事。如果一句话解决不了，那就两句。很多时候，是我们的内心戏太足。来年打个翻身仗，过得好，才是硬道理。

3

我有一朋友，过年在堪培拉，没回家。

大年三十，她睡了一天，晚上 10 点起来看春晚，热闹的声色影像提醒她，今天是除夕。

眼下青灯冷灶，一碗方便面，一蛋一肠，和春晚里的欢天喜地，和回忆里丰盛的年夜饭，隔的不只是太平洋，而是分在两个世界。

这是她一个人过的第二个年。没有家人，没有团圆饭。她说，在那边，没有人关心你的工作是否顺心，有没有男朋友，何时结婚。你过得好不好，谁也不关心。

不长大，不离家，不懂家的深情，不理解有人唠叨的温暖。

另一个朋友在大年初一发来信息，看到内容的一瞬间，我忍不住落泪。

"我爸今儿走了……"

老人在初一早上突发心梗。他春运辗转回家，刚陪了他爸一天。他一时无法接受，明明昨天好好的。父亲年纪不大，平日里身体没毛病……他小时候的玩具，一直摆在床头，他父亲总会擦得一尘不染。

原来离去，并不会因为节日而休假。原来，来日方长，并不长。

世间所有的爱都指向团聚，唯独父母的爱，指向别离。

"父母之年，不可不知也，一则以喜，一则以惧。"意思是说，父母的年龄，做子女的不可以不知道。一方面，因为双亲年高体健而高兴，另一方面，因为他们岁数大而担忧。

如今，穿新衣不用等过年了；不用和爸妈一起提前备年货了，超市全年无休，想吃什么随时买；对春晚的期待，再也不像小时候；也到了给别人压岁钱的年龄；亲人一个一个从我们的生命里退出，我们也在老去。

人这一辈子，活的就是这点人间烟火气，这点真情实意。如果有时光机，我愿意重回那个没有手机、物资匮乏的小时候。珍惜身边每一个亲人，珍惜每一顿团圆饭，珍惜他们的每一句唠叨。

我们总以为来日方长，可一转身，就是天各一方。